THE
COLLECTED
POEMS

by

Park Inhwan

translation by Yeo Kukhyun
supervise by Mang Munjae

朴寅煥

選詩集

Books and Scene 서적과 풍경

Poems in America 아메리카 시초(詩抄)

An Everlasting Head Chapter 영원한 서장(序章)

Lyricism or Weeds 서정 또는 잡초

Books and Scene
서적과 풍경

A Family of Three

My purehearted wife, and I
After the pure white wedding,
Walked together looking at the show window
Enjoying the luxury.

In the peaceful place
Where the war still is going on,
While everyone's fragmentary memory soared,
Like the wings of a dove,
We set off on a journey of introspection and regret.

Autumn of common harvest;
Winter comes with scent like lilies.
The dead are buried in the chill earth;
We are a family of three.

Under the shadow of a torso,
My diary, my unfortunate pilgrimages, trembled
And the leaves of it one by one,
Blew off to the dismal field of recollection.

Before the end of

This pale world and my life,

I am writing poems

For my years past, feeling my lone fatigue,

Which are asleep like ice flowers.

Outside the window,

Beside the gloomy stores,

The show window of frozen agony and puke,

A row of despair and famine keeps virgil,

And if tomorrow comes,

The storm would be blowing in this still, forlorn street.

세 사람의 가족

나와 나의 청순한 아내
여름날 순백한 결혼식이 끝나고
우리는 유행품으로 화려한
상가의 쇼윈도를 바라보며 걸었다.

전쟁이 머물고
평온한 지평에서
모두의 단편적인 기억이
비둘기의 날개처럼 솟아나는 틈을 타서
우리는 내성(內省)과 회한에의 여행을 떠났다.

평범한 수확¹의 가을
겨울은 백합처럼 향기를 풍기고 온다.
죽은 사람들은 싸늘한 흙 속에 묻히고
우리의 가족은 세 사람.

토르소²의 그늘 밑에서
나의 불운한 편력인 일기책이 떨고

---

1 원본에는 '收獲'(수획)으로 표기됨.
2 원본에는 '톨소'로 표기됨.

그 하나하나의 지면은
음울한 회상의 지대로 날아갔다.

아 창백한 세상과 나의 생애에
종말이 오기 전에
나는 고독한 피로에서
빙화(氷花)처럼 잠들은 지나간 세월을 위해
시를 써본다.

그러나 창밖
암담한 상가
고통과 구토가 동결된 밤의 쇼윈도
그 곁에는
절망과 기아의 행렬이 밤을 새우고
내일이 온다면
이 정막(靜寞)의 거리에 폭풍이 분다.

The Last Conversation

The silhouette of a city
Flickering without any noise,
The everlasting float
Among a myriads of impressions,
And the shadow of changing years;
Mingled with the bias of the papers,
A disquieting fight as such.

The carnival of a bar held at random,
The trumpet of a black man,
The cry of a European bride,
An Emperor of Spirit!
Who knows my secret?
On this bed of Illusion
In the still room
With experiences piling up.

An origin of reminiscence,
A city of humiliation,
An exile of his dusky years,
The things heard

When I bow my neck into a dark coat;

A battered requiem

Which I hate to hear forever;

Can we meet again

On this ruins

An envoy of 1950.

Chrysanthemums bloom

Against the ailing sea.

The garden of a closed university

Is now a graveyard;

The thing which comes after a picture and reason;

The last disquieting conversation

Surging like the waves

Knitted on the wrist of a drunk sailor.

최후의 회화(會話)

아무 잡음도 없이 멸망하는
도시의 그림자
무수한 인상과
전환하는 연대의 그늘에서
아 영원히 흘러가는 것
신문지의 경사(傾斜)에 얽혀진
그러한 불안의 격투.

함부로 개최되는 주장(酒場)의 사육제
흑인의 트럼펫
구라파 신부(新婦)의 비명
정신의 황제!
내 비밀을 누가 압니까?
체험만이 늘고
실내는 잔잔한 이러한
환영(幻影)의 침대[3]에서.

회상의 기원

---

3 원본에는 '침대(寢臺)' 의 일본식 한자 표기인 '寢台' 로 되어 있음.

오욕의 도시
황혼의 망명객
검은 외투에 목을 굽히면
들려오는 것
아 영원히 듣기 싫은 것
쉬어빠진 진혼가
오늘의 폐허에서
우리는 또다시 만날 수 있을까
1950년의 사절단.

병든 배경의 바다에
국화가 피었다
폐쇄된 대학의 정원은
지금은 묘지
회화(繪畫)와 이성의 뒤에 오는 것
술 취한 수부(水夫)의 팔목에 끼여
파도처럼 밀려드는
불안한 최후의 회화(會話).

Falling Down

From the slide
I, like the lonely Achilleus,
Counting the stars overhead,
Fell down to the earth
Where the flags of unrest flap.

For twenty years after that
I followed the everlasting shadow of sin
Under the wall of the park of fortune.

The endless repetition
of ups and downs on the slide.
Forgetting the hate of familiarity
And resistance against misfortune, misery and wretchedness
If I run towards the place where the smoke flows
The past days of disgrace harass me more.

Far off increase
The gray slope
The war of unrest night
And the scars and agonies;

On the forgetful ground
Which no one could perceive,
I am sinking lower and lower.

Both the pleasure of the first
Sliding on the slide,
And the time that escapes with my youth
From the mystery forest,
Are in the tragic shadows
Of my falling down.

낙하

미끄럼판에서
나는 고독한 아킬레스처럼
불안의 깃발 날리는
땅 위에 떨어졌다.
머리 위의 별을 헤아리면서

그 후 20년
나는 운명의 공원 뒷담 밑으로
영속된 죄의 그림자를 따랐다.

아 영원히 반복되는
미끄럼판의 승강
친근에의 증오와 또한
불행과 비참과 굴욕에의 반항도 잊고
연기 흐르는 쪽으로 달려가면
오욕의 지난날이 나를 더욱 괴롭힐 뿐.

멀리선 회색 사면(斜面)과
불안한 밤의 전쟁
인류의 상흔과 고뇌만이 늘고
아무도 인식지 못할

망각의 이 지상에서
더욱 더욱 가랁아간다.

처음 미끄럼판에서
내려 달린 쾌감도
미지의 숲속을
나의 청춘과 도주하던 시간도
나의 낙하하는
비극의 그늘에 있다.

Everlasting Sunday

On Sunday morning when a wingless goddess died
I, shrouded by the storm,
Climb on Sunday of the body.

After a priest wrapped in a blue dress
And the gasping weeping
Of the dying man
My brothers
Hobbling down from the slope.

Despair and All
Of the free things...

Useful plants that do not to grow
On a sand hill of a chill suburb
Crushed by sudden violent showers.

The sun fleeing like a courtesy
With fear of the old regression.

Oh, prisoner!

Now is the time of dim convexity.

It's Sunday today;

Fortunately you don't have

The secret

Of the days to come.

People gathering at the church hobbling

And those going off

Without a gospel and prayer

With their indefective limbs

Oh, the people sickened by the wind!

Oh, everlasting Sunday!

영원한 일요일

날개 없는 여신(女神)이 죽어버린 아침
나는 폭풍에 싸여
주검의 일요일을 올라간다.

파란 의상을 감은 목사와
죽어가는 놈의
숨 가쁜 울음을 따라
비탈에서 절름거리며 오는
나의 형제들.

절망과 자유로운
모든 것을……

싸늘한 교외의 사구(砂丘)에서
모진 소낙비에 으끄러지며
자라지 못하는 유용식물(有用植物).

낡은 회귀의 공포와 함께
예절처럼 떠나버리는 태양.

수인(囚人)이여

지금은 희미한 철형(凸形)의 시간
오늘은 일요일
너희들은 다행하게도
다음 날에의
비밀을 갖지 못했다.

절름거리며 교회에 모인 사람과
수족이 완전함에 불구하고
복음도 기도도 없이
떠나가는 사람과

상풍(傷風)⁴된 사람들이여
영원한 일요일이여

---

4 바람을 쏘여서 생기는 병.

To the Capitalist

I indicate the weakness of your manifesto,
And that the imminence of the danger,
Which will sweep you away like the storm
After all the capital collapses,
Is approaching like waves.

On an old day when an engineer ran away,
The ominous rain fell down on the airport
And the sobbing songs all the people sang
Were the last way of night.

Then, capitalists
Don't say civilization newly;
Today, when the sun left this city along with human minds,
On the collapsed square of the men
Scattered the carcasses of dead doves.

The core skeleton of an airplane,
Rolling down to a dirt road like a wind,
Fell down under the outer dark cliffs,
And the thin jumper of the pilot

Remained like clouds of the sky.

The clear expressions of the sun and the moon lost;
Never calculate
On the ground where men died;
The desolate night of hidden civilization.

The complete plans
Broke down like a hotel of dream;
The last wandering ended
Deviated from the principles of life and order.

Now the sad rains are falling
Sweeping away the old hamlets.

자본가에게

나는 너희들의 매니페스토⁵의 결함을 지적한다
그리고 모든 자본이 붕괴한 다음
태풍처럼 너희들을 휩쓸어갈
위험성이
파장(波長)처럼 가까워진다는 것도

옛날 기사(技師)가 도주하였을 때
비행장에 궂은비가 내리고
모두 목메어 부른 노래는
밤의 말로(末路)에 불과하였다.

그러므로 자본가여
새삼스럽게 문명을 말하지 말라
정신과 함께 태양이 도시를 떠난 오늘
허물어진 인간의 광장에는
비둘기 떼의 시체가 흩어져 있었다.

신작로를 바람처럼 굴러간

---

5 manifesto : 선언. 성명. money pest(돈벌레)로 보이기도 함.

기체(機體)의 중축(中軸)[6]은
어두운 외계 절벽 밑으로 떨어지고
조종자의 얇은 작업복이
하늘의 구름처럼 남아 있었다.

잃어버린 일월의 선명한 표정들
인간이 죽은 토지에서
타산치 말라
문명의 모습이 숨어버린 황량한 밤
.

성안(成案)[7]은
꿈의 호텔처럼 부서지고
생활과 질서의 신조에서 어긋난
최후의 방랑은 끝났다.

지금 옛날 촌락을 흘려버린
슬픈 비는 내린다.

---

6 원본에는 '중유(中柚)'로 되어 있으나 내용상 '중축(中軸)'의 오기인 듯.
7 계획, 방침 등에 관한 안건을 작성함.

A Long Valley of Reminiscence

A long valley of reminiscence
Beautiful and sad like love;
Collapse a fortune of human beings
Like a grand show;
Rise up the dark smoke;
Survive the dark visions.

To a foggy sight
When a succession of faint life, as a bride's veil,
To the last hymn, and
The unrest steps,
Leaves somewhere to the edge of the devastated field,
The countless musical instruments,
Substituting death with weeping,
Are much sadder in this silent valley.

Life of just a day,
A luxurious desire,
Falling down on the river shore without any promises;
Though our passports were tore apart to pieces,
Embracing the nostalgia of a calendar,

Which are falling down on the road like fallen leaves,
A girl of bicycle, let's be alive today.

In an impression of Hookha,
A soldier smokes and of dark smokes,
And in this long valley of reminiscence
An edge of the world full of crisis,
Grievous and deceived by illusion,
Marching along the slide of death
The silly and eternal martyr,
This is what we are.

회상의 긴 계곡

아름답고 사랑처럼 무한히 슬픈
회상의 긴 계곡
그랜드 쇼처럼 인간의 운명이 허물어지고
검은 연기여 올라라
검은 환영이여 살아라.

안개 내린 시야에
신부(新婦)의 베일인가 가늘은 생명의 연속이
최후의 송가(頌歌)와
불안한 발걸음에 맞추어
어디로인가
황폐한 토지의 외부로 떠나가는데
울음으로써 죽음을 대치하는
수없는 악기들은
고요한 이 계곡에서 더욱 서럽다.

강기슭에서 기약할 것 없이 쓰러지는
하루만의 인생
화려한 욕망
여권(旅券)은 산산이 찢어지고
낙엽처럼 길 위에 떨어지는

캘린더의 향수를 안고
자전거의 소녀여 나와 오늘을 살자.

군인이 피워 물던
물부리와 검은 연기의 인상과
위기에 가득 찬 세계의 변경(邊境)
이 회상의 긴 계곡 속에서도
열을 지어 죽음의 비탈을 지나는
서럽고 또한 환상에 속은
어리석은 영원한 순교자.
우리들.

Seven Stairs

When I thought of those with my eyes shut,
I was scared of the days past each to each.
It was the sad epoch
In which I didn't consult anyone
Saying anything without hesitation.

At a rainy dawn
It was at the time
When the dead youth
Rises from the earth below....
However, I jumped into
And with hands stained from blood—handshaking,
Shoulders to shoulders without reserve,
We stepped down seven dismal stairs.

André Malraux of La *Condition Humaine*,
Aragon of the *Beautiful Earth*,
They are my favorite friends;
In 'the Hotel dealing with Psychiatry'
Which with the body tired at twilight
Our minds were willing to call,

Malraux with his toothless mistress,

Aragon with his maimed poetic images

And I glancing at them....

The days of desire and nights of lust

Come and go hopelessly

Like the pictures of reminiscence.

On another day

The child, crying under the shadows of the roadside trees,

Is a suckling whom I had forsaken beside the river.

Under the collapsing building

The girl, who was dying with sadness,

Revived as a reverie today.

I have no consciousness

To discern what my name is,

And whether my homeland is suffering or not.

Through the land of suffering and hate

And the storm of defeat

My everlasting song of farewell

Echoes through fog;

When I listen against the wall

Searching for the deep reminiscence of the past,

In the center of the city of fortune

Far far away,

Where is the direction
To which the child is headed,
Crying again and again,
Climbing up the seven stairs
For the dim moon.

일곱 개의 층계

가만히 눈을 감고 생각하니
지난 하루하루가 무서웠다.
무엇이나 거리낌 없이 말했고
아무에게도 협의해본 일이 없던
불행한 연대였다.

비가 줄줄 내리는 새벽
바로 그때이다
죽어간 청춘이
땅속에서 솟아 나오는 것이……
그러나 나는 뛰어들어
서슴없이 어깨를 거느리고
악수한 채 피 묻은 손목으로
우리는 암담한 일곱 개의 층계를 내려갔다.

『인간의 조건』[8]의 앙드레 말로

---

8 프랑스의 앙드레 말로(Andre Malraux, 1901~1976)가 1933년에 발표한 소설. 1927년 중
   국 국민당이 공산당을 축출하기 위해 대대적인 탄압을 가한 상하이 쿠데타를 무대로 함.
   인간의 조건을 뛰어넘고자 했던 주인공들을 통해 인간의 위대함 이야기함.

『아름다운 지구(地區)』⁹의 아라공

모두들 나와 허물없던 우인(友人)

황혼이면 피곤한 육체로

우리의 개념이 즐거이 이름 불렀던

'정신과 관련의 호텔'에서

말로는 이 빠진 정부(情婦)와

아라공은 절름발이 사상과

나는 이들을 응시하면서……

이러한 바람의 낮과 애욕의 밤이

회상의 사진처럼

부질하게 내 눈앞에 오고 간다.

또 다른 그날

가로수 그늘에서 울던 아이는

옛날 강가에 내가 버린 영아(嬰兒)

쓰러지는 건물 아래

슬픔에 죽어가던 소녀도

오늘 환영처럼 살았다

이름이 무엇인지

나라를 애태우는지

분별할 의식조차 내게는 없다

---

9 프랑스의 루이 아라공(Louis Aragon, 1897~1982)의 작품.

시달림과 증오의 육지
패배의 폭풍을 뚫고
나의 영원한 작별의 노래가
안개 속에 울리고
지난날의 무거운 회상을 더듬으며
벽에 귀를 기대면
머나먼
운명의 도시 한복판
희미한 달을 바라
울며 울며 일곱 개의 층계를 오르는
그 아이의 방향은
어데인가.

Modern Times, a Miracle

Rose is my name blooming beside the river;
The fog of civilization coiling up from the chimneys of the houses.
Oh, 'poet', a poor worm!
My crying is heard to the cities.

For a long time, your desire has been a lost picture;
Mingled with greetings and affections
In the thickest garden of weeds,
The name of solidarity
Is a vain worm of yesterday.

Love is a memory shown on pieces;
On the mire and the journey of parting
The tree I leaned against was getting rotten;
Whence comes the restless speed
Light and past like telegraph.

My fate of those days,
Flirting with the silence of fear,
Is wandering over the miraculous oriental
Sky.

기적인 현대

장미는 강가에 핀 나의 이름
집집 굴뚝에서 솟아나는 문명의 안개
'시인' 가엾은 곤충이여
너의 울음이 도시에 들린다.

오래도록[10] 네 욕망은 사라진 회화(繪畵)
무성한 잡초원(雜草園)에서
환영과 애정과 비벼대던
그 연대의 이름도
허망한 어젯밤 버러지.

사랑은 조각에 나타난 추억
이녕(泥濘)[11]과 작별의 여로에서
기대었던 수목은 썩어지고
전신(電信)처럼 가벼웁고 재빠른
불안한 속력은 어데서 오나.

---

10 원본에는 '오래토록'으로 표기됨.
11 땅이 질어서 질퍽하게 된 곳.

침묵의 공포와 눈짓하던
그 무렵의 나의 운명은
기적인
동양의 하늘을 헤매고 있다.

An Unfortunate God

I have departed from all
Desires and things,
So I am getting closer to the intimate death;
The past slept in
The uncountable tomorrows;
An unfortunate god,
Living with me everywhere,
An unfortunate god
Thou, just alone with me,
Exchange confidences rubbing each other's cheeks,
And will never regret
Misunderstanding
Human experiences or
Lonely and lofty consciousness.
We are united with each other again.
We, like subjects of an emperor, pledge death.
We, like an electric pole in the square, get to be here.
What is echoing at my ears ceaselessly
Is the storm,
Thou, unfortunate god, are calling.
I, however, enjoy the last calmness,

Because, between the forlorn heaven and earth,

I exist, and a body certainly lies dividing me

From unfortunate you.

불행한 신(神)

오늘 나는 모든 욕망과
사물에 작별하였습니다.
그래서 더욱 친한 죽음과 가까워집니다.
과거는 무수한 내일에
잠이 들었습니다.
불행한 신
어데서나 나와 함께 사는
불행한 신
당신은 나와 단둘이서
얼굴을 비벼대고 비밀을 터놓고
오해나
인간의 체험이나
고절(孤絕)된 의식에
후회치 않을 것입니다.
또다시 우리는 결속되었습니다.
황제의 신하처럼 우리는 죽음을 약속합니다.
지금 저 광장의 전주(電柱)처럼 우리는 존재됩니다.
쉴 새 없이 내 귀에 울려오는 것은
불행한 신 당신이 부르시는
폭풍입니다.
그러나 허망한 천지 사이를

내가 있고 엄연히 주검이 가로놓이고
불행한 당신이 있으므로
나는 최후의 안정을 즐깁니다.

Oh, Dark God!

Who is the man crying in the graveyard.

Who is the man coming from the destroyed building.

What is it that has sunken from the dark sea like smoke.

What is it that has died away from the inside of a human being.

What is it that begins after a year ends.

Where can I meet my beloved friend the war robbed me of.

Let me die instead of sorrow.

Cover the world with the wind and snow on behalf of men.

May not bloom on the field where the buildings

And the grey graveyard were.

The terrible memories of a day, or of a year
Might be your theme,
Dark god.

검은 신(神)이여

저 묘지에서 우는 사람은 누구입니까.

저 파괴된 건물에서 나오는 사람은 누구입니까.

검은 바다에서 연기처럼 꺼진 것은 무엇입니까.

인간의 내부에서 사멸된 것은 무엇입니까.

1년이 끝나고 그다음에 시작되는 것은 무엇입니까.

전쟁이 뺏어간 나의 친우는 어디서 만날 수 있습니까.

슬픔 대신에 나에게 죽음을 주시오.

인간을 대신하여 세상을 풍설로 뒤덮어주시오.

건물과 창백한 묘지 있던 자리에

꽃이 피지 않도록.

하루의 1년의 전쟁의 처참한 추억은
검은 신이여
그것은 당신의 주제일 것입니다.

A Prostitute of Future
to a New God

In the emaciated voice with wind

We do not promise tomorrow.

In a train with no passengers

Oh, thou, prostitute of future,

Thy hope is

Just my misunderstanding and excitement.

People of unlucky experiences,

Approaching excited towards the garden

Where the war lingers yet;

Oh, thou, future prostitute,

With whom my youth was wasted,

And my despair was living,

Thy desire is

Just my jealousy and madness.

Pierced by bullets

Thy sweet breasts,

Trailing a dark map, and the cuffs of

Thy dress made of loneliness and severance,

Towards blood, tears and

The last life of thee,

Oh, thou, future prostitute,

Is thy destination my grave,

Is thy everlasting end the forever past.

미래의 창부(娼婦)
새로운 신(神)에게

여윈 목소리로 바람과 함께
우리는 내일을 약속지 않는다.
승객이 사라진 열차 안에서
오 그대 미래의 창부여
너의 희망은 나의 오해와
감흥만이다.

전쟁이 머무른 정원에
설레이며 다가드는
불운한 편력의 사람들
그 속에 나의 청춘이 자고
절망이 살던
오 그대 미래의 창부여
너의 욕망은
나의 질투와 발광만이다.

향기 짙은 젖가슴을
총알로 구멍 내고
암흑의 지도(地圖) 고절(孤絶)된 치마 끝을
피와 눈물과
최후의 생명으로 이끌며

오 그대 미래의 창부여
너의 목표는 나의 무덤인가.
너의 종말도 영원한 과거인가.

A Song of Night

The countless eyes
Brightening like phosphorescence in the quiet and forlorn stillness;
The black horizon
Makes up the border against freedom.

Love runs towards a slop of the bodies
And my inner world,
Organized vulnerable,
Is now a lonely bottle of alcohol.

Night, this dark night
Is made of aerials.
On the longitude and latitude of clouds and feelings,
I used to talk about despair of future
Which would be promised forever.

Restless waves heard without end,
The words I know
And my humdrum consciousness
Approach disquietly towards the region

Of days to come.

Without their lean and long songs,
Reeds are dying in the corner
And the thick wings of different gods
In the midnight
Are saying goodbye to the stars of famine.

The wave roaring like thunder
Tearing my eardrums,
It sinks into a meteorite of my heart
Along with a peal of church bell,
Drawing lines.

밤의 노래

정막한 가운데
인광처럼 비치는 무수한 눈
암흑의 지평은
자유에의 경계를 만든다.

사랑은 주검의 사면(斜面)으로 달리고
취약하게 조직된
나의 내면은
지금은 고독한 술병.

밤은 이 어두운 밤은
안테나로 형성되었다
구름과 감정의 경위도(經緯度)에서
나는 영원히 약속될
미래에의 절망에 관하여 이야기도 하였다.

또한 끝없이 들려오는 불안한 파장(波長)
내가 아는 단어와
나의 평범한 의식은
밝아올 날의 영역으로
위태롭게 인접되어 간다.

가느다란 노래도 없이
길목에선 갈대가 죽고
욱어진¹² 이신(異神)의 날개들이
깊은 밤
저 기아(飢餓)의 별을 향하여 작별한다.

고막을 깨뜨릴 듯이
달려오는 전파
그것이 가끔 교회의 종소리에 합쳐
선을 그리며
내 가슴의 운석(隕石)에 가앉아버린다.

---

12 ① 우거지다 : 풀, 나무 따위가 자라서 무성해지다. ② 욱다 : 기운이 줄어지다. 안쪽으로
조금 우그러져 있다.

The Wall

It must be a thing of the past;
It has nothing to do with me;
It' s so heartless
When we parted.

I meet with it all day long;
The more I shun it,
The closer it approaches me;
It symbolizes ominousness so much.
All the artists are dead,
Who were pleased of
Masterpieces which were painted on it.

Now the flies and
Some manifestos and posters are on it
Which no one reads,
And no one looks at;
It has any connection with me.

It is a shadow of ruin
Gotten rid of feelings and reason;

It is an apostle of Satan

Hindering and harming civilization and evolution,

Which I hate to see.

I am drying

Without a drop of blood

And can't hear my name

And the songs the queen sings

Cause it blocks

Nights and days.

벽

그것은 분명히 어제의 것이다
나와는 관련이 없는 것이다
우리들이 헤어질 때에
그것은 너무도 무정하였다.

하루 종일 나는 그것과 만난다
피하면 피할수록
더욱 접근하는 것
그것은 너무도 불길(不吉)을 상징하고 있다
옛날 그 위에 명화가 그려졌다 하여
즐거워하던 예술가들은
모조리 죽었다.

지금 거기엔 파리와
아무도 읽지 않고
아무도 바라보지 않는
격문과 정치 포스터가 붙어 있을 뿐
나와는 아무 인연이 없다.

그것은 감성도 이성도 잃은
멸망의 그림자

그것은 문명과 진화를 장해하는

사탄의 사도(使徒)

나는 그것이 보기 싫다.

그것이 밤낮으로

나를 가로막기 때문에

나는 한 점의 피도 없이

말라버리고

여왕이 부르시는 노래와

나의 이름도 듣지 못한다.

If There is Something Alive

> Both the time of present and past almost all
> appear in the time of the future.
>
> (T. S. Eliot)

If there is something alive,
It could be reminiscence and experiences
Crueler and more desperate
Than the death of me and us.

If there is something alive,
It could be agony and resistance
Being conscious of vengeance and loneliness
More than life submitting to lots of slaughter.

I, step by step, live
Into the darkness of the collapsing city of stillness and gunpowder
smoke——
Towards contemplation and the everlasting tomorrow never to come—
—

If There is Something alive,
To hold the hands like the lover exiled,

Recalling the rebellion of youth extinguished already,

I'm living these humiliating days

In which just doubt and fear are tender-hearted.

···Ah, If there is something alive,

In this world of saints at the end,

It would be a naked woman

In the picture of redemption,

An indiscreet poet who sold out both

His reflection and agony to a ghost,

And the simple state of my body

Which could not close its eyes···.

살아 있는 것이 있다면

현재의 시간과 과거의 시간은
거의 모두가 미래의 시간 속에 나타난다
(T.S. 엘리엇)

살아 있는 것이 있다면
그것은 나와 우리들의 죽음보다도
더한 냉혹하고 절실한
회상과 체험일지도 모른다.

살아 있는 것이 있다면
여러 차례의 살육에 복종한 생명보다도
더한 복수와 고독을 아는
고뇌와 저항일지도 모른다.

한 걸음 한 걸음 나는 허물어지는
정적과 초연(硝煙)의 도시 그 암흑 속으로……
명상과 또다시 오지 않을 영원한 내일로……
살아 있는 것이 있다면
유형(流刑)의 애인처럼 손잡기 위하여
이미 소멸된 청춘의 반역을 회상하면서
회의와 불안만이 다정스러운

모멸[13]의 오늘을 살아나간다.

…… 아 최후로 이 성자의 세계에
살아 있는 것이 있다면 분명히
그것은 속죄의 회화 속의 나녀(裸女)와
회상도 고뇌도 이제는 망령에게 판
철없는 시인
나의 눈감지 못한
단순한 상태의 시체일 것이다……

---

13 원본에는 '회멸(悔蔑)'로 되어 있으나 '모멸(侮蔑)'의 오기인 듯.

A Man of Disbelief

When the wind stops trailing
I saw the lamps of a harbor
And sorrow of the great will
Sowed the seeds of immortality.

Like the cool waves rushing into the lungs
I share the sleep of forgetfulness with a man of disbelief;

Blood, lonely times, all sorts of reverie reflected,
A love poorer than poetry
A wind whispering like a leaving happiness,
Oh, the flag of beginning and end
Fluttering at the graveyard
And in this hermetic world
Of what are we saying with ennui.

At the harbor where the lamps went out
The last quiet rain of will is falling down,
My man of disbelief hasn't come yet;
My man of disbelief hasn't come yet.

불신의 사람

나는 바람이 길게 멈출 때
항구의 등불과
그 위대한 의지의 설움이
불멸의 씨를 뿌리는 것을 보았다.

폐(肺)에 밀려드는 싸늘한 물결처럼
불신의 사람과 망각의 잠을 이룬다.

피와 외로운 세월과
투영되는 일체의 환상과
시(詩)보다도 더욱 가난한 사랑과
떠나는 행복과 같이
속삭이는 바람과
오 공동묘지에서 퍼덕이는
시발(始發)과 종말의 깃발과
지금 밀폐된 이런 세계에서
권태롭게
우리는 무엇을 이야기하는가.

등불이 꺼진 항구에

마지막 조용한 의지의 비는 내리고
내 불신의 사람은 오지 않았다.
내 불신의 사람은 오지 않았다.

Books and Scene

Books made the desolate scene of human beings brilliant.
Books taught human beings happiness, freedom
And a certain wisdom.

Now is the era of massacre;
Humans die on the infringed land,
And only books
Tell the endless history.

While societies are growing for a long time,
Type has formed chaos of technology and matrix.
Lots of leaves fluttering in the wind,
Between which
Appear the establishment of free French Republic,
The Industrial Revolution in England,
The smile of F. Roosevelt
As well as all the procession of human beings
From New Guinea and Okinawa to the warship, the Missouri,
Accompanying with all the cruel reminiscences.

Yesterday when I tried a great revolt

Books showed me a beautiful and

Venerable rose—like scene

In my mind.

Andre Gide, coming back from U. S. S. R.,

With the bright face of truth and dignity

Said that freedom is the most important factor

In the scene of human beings

And that we should advocate

Freedom for the everlasting 'scene',

And left this world

Staring at

The landscape of humiliation and purgatory

In the fierce height of the Korean War.

The books of 1951,

I was treading on the white snow with my fatigued body,

And searched where another horror is,

Sweeping this dark generation.

For a long time through the human power

And as human beings

To save the end of human beings

Facing a crisis,

From the depth of communism

The soldiers of freedom, modern strangers,

Are dying here in Korea, the poor and unnoticed country:

R. Jimmy, who departed from his love in Scotland,

Mr. Ferdinand, who wrote a biography of Jean D'Ark,

MR. Tom Micham,

Fighting the diseases in the wild forests, the lakes and marshes of the
Pacific Ocean,

Being proud of the austere myth of 'Batan' and 'Corehidor',

They are not one person. On the altar of God

They died on the obscure hills and valleys

Just with their daring action and anger

Without love and prayer.

I close my eyes.

I learn by heart the name of the books

I gathered in my library on peaceful days;

The name of the books,

Each of which had it's own

Individuality like a man,

Made me know the tears and the immortal spirit···

Gathered, they project the landscape of impression into my heart

Like the wild fields, the mountains, the seas, and the clouds,

Where people live.

Now the fights are going on.

The books are burning out.

The scene of books and impression, however,

Your everlasting stories and expressions are not yours only.

When F. Roosevelt died

And Douglas MacArthur came on the shore

Many warships, machine guns, and the waves of the Pacific Ocean
were calm and quiet.

These times and history

Will be repeated,

When free human beings are secured firmly again.

Oh, the process of

The wretched human beings towards a new Missouri Warship!

My books and scene

Lies in the fight over my life.

서적과 풍경

서적은 황폐한 인간의 풍경에 광채를 띠웠다.
서적은 행복과 자유와 어떤 지혜를
인간에게 알려주었다.

지금은 살육의 시대
침해된 토지에서는 인간이 죽고
서적만이
한없는 역사를 이야기해준다.

오래도록 사회가 성장하는 동안
활자는 기술과 행렬의 혼란을 이루었다.
바람에 퍼덕이는 여러 페이지들
그 사이에는
자유 불란서 공화국의 수립
영국의 산업혁명
F. 루스벨트[14] 씨의 미소와 아울러
'뉴기니'와 '오키나와'를 거쳐

---

14 Franklin Delano Roosevelt(1882~1945) : 미국의 32번째 대통령(1933~1945). 임기 동안
    대공황과 제2차 세계대전을 겪음.

전함 미주리호[15]에 이르는 인류의 과정이
모두 가혹한 회상을 동반하며 나타나는 것이다.

내가 옛날 위대한 반항을 기도하였을 때
서적은 백주(白晝)의 장미와 같은
창연하고도 아름다운 풍경을
마음속에 그려주었다.
소련에서 돌아온 앙드레 지드[16] 씨
그는 진리와 존엄에 빛나는 얼굴로
자유는 인간의 풍경 속에서
가장 중요한 요소이며
우리는 영원한 '풍경' 을 위해
자유를 옹호하자고 말하고
한국에서의 전쟁이 치열의 고조에
달하였을 적에
모멸과 연옥(煉獄)의 풍경을
응시하며 떠났다.

1951년의 서적
나는 피로한 몸으로 백설(白雪)을 밟고 가면서

---

15 Missouri : 제2차 세계대전 때 미국 태평양함대에 속했던 기함. 1945년 9월 2일 일본이 항
복문서에 서명한 전함임.

16 Andre Gide(1869~1951) : 프랑스의 소설가 · 비평가. 주요 작품은 『좁은 문』 『콩고 기행』
등 있음.

이 암흑의 세대를 휩쓰는
또 하나의 전율이
어데 있는가를 탐지하였다.
오래도록 인간의 힘으로 인간인 때문에
위기에 봉착된 인간의 최후를
공산주의의 심연에서 구출코자
현대의 이방인 자유의 용사는
세계의 한촌(寒村) 한국에서 죽는다.
스코틀랜드에서 애인과 작별한 R. 지이미 군
잔 다르크의 전기를 쓴 페르디난트 씨
태평양의 밀림과 여러 호소(湖沼)의 질병과 싸우고
'바탄'과 '코레히도르'[17]의 준열의 신화를
자랑하던 톰 미첨 군
이들은 한 사람이 아니다. 신의 제단에서
인류만의 과감한 행동과 분노로
사랑도 기도도 없이
무명고지 또는 무명계곡에서 죽었다.

나는 눈을 감는다.
평화롭던 날 나의 서재에 군집했던
서적의 이름을 외운다.
한 권 한 권이

17　필리핀 수도 마닐라의 서쪽에 위치하고 있는 군사 요충지인 바타안 반도와 코레히도르 섬.

인간처럼 개성이 있었고
죽어간 병사처럼 나에게 눈물과
불멸의 정신을 알려준 무수한 서적의 이름을……
이들은 모이면 인간이 살던
원야(原野)와 산과 바다와 구름과 같은
인상의 풍경을 내 마음에 투영해주는 것이다.

지금 싸움은 지속된다.
서적은 불타오른다.
그러나 서적과 인상의 풍경이여
너의 구원(久遠)한 이야기와 표정은 너만의 것이 아니다.
F. 루스벨트 씨가 죽고
더글러스 맥아더가 육지에 오를 때
정의의 불을 토하던
여러 함정(艦艇)과 기총과 태평양의 파도는 잔잔하였다.
이러한 시간과 역사는
또다시 자유 인간이 참으로 보장될 때
반복될 것이다.

비참한 인류의
새로운 미주리호에의 과정이여
나의 서적과 풍경은
내 생명을 건 싸움 속에 있다.

To a Woman of 1953

Fashion regretfully
Has left the women.
Why?
To search for the origin by itself.

On a certain day
women
Took off their inauspicious clothes
Feeling after the border between clouds and reverie.

Like the blue waves of reminiscence
Solitariness lives in the years,
Women, like a goddess
Weeping by herself on the shore,
Look at the perfect times.

Desolate and vast era,
Vanity like foams,
It is a gaunt impression of a broken mirror.

For the things you need

And the proportion of consumption,
War keeps an eye on women's eyes.
Health violated by corsets
And fashion seal off the direction of the mind.

When looking at the last traveler here
Many bodies
Falling down by the wind
Like a frail needle,
They smell of a fiercer poison
Than Cain's mistress.

Without a start
Without an end
Life leaves idly from women
Like darkness.
Why?
Here is a society
Too stern to answer it.

1953년의 여자에게

유행은 섭섭하게도
여자들에게서 떠났다.
왜?
그것은 스스로의 기원을 찾기 위하여

어떠한 날
구름과 환상의 접경을 더듬으며
여자들은
불길한 옷자락을 벗어버린다.

회상의 푸른 물결처럼
고독은 세월에 살고
혼자서 흐느끼는
해변의 여신과도 같이
여자들은 완전한 시간을 본다.

황막한 연대여
거품과 같은 허영이여
그것은 깨어진 거울의 여윈 인상.

필요한 것과

소모의 비례를 위하여
전쟁은 여자들의 눈을 감시한다.
코르셋으로 침해된 건강은
또한 유행은 정신의 방향을 봉쇄한다.

여기서 최후의 길손을 바라볼 때
허약한 바늘처럼
바람에 쓰러지는
무수한 육체
그것은 카인[18]의 정부(情婦)보다
사나운 독을 풍긴다.

출발도 없이
종말도 없이
생명은 부질하게도
여자들에게서 어두움처럼 떠나는 것이다.
왜?
그것을 대답하기에는
너무도 준열한 사회가 있었다.

---

18 Cain : 구약성서 『창세기』에 나오는 아담과 하와의 맏아들. 자기의 제물이 하나님 야훼에
    게 받아들여지지 않고 아우 아벨의 제물이 받아들여지자 시기하여 동생을 죽임. 인류 역
    사에서 살인자의 대명사.

The End

Before the dignity of death,
Which ends his life,
I was laughing
Under the uneasy chandelier
With a politician and a professor in a gray suit
Discussing the price index.

A fatigued life
Collapses like a wall of China.
I, effected by it,
Was aiming for my end goal.
However, my panting breath didn't stop
And my consciousness just becomes clear like a prisoner.

Every night, coming down to the forbidden valley
To pluck the roses,
I pointed to the moon light which covered the darkness
With bloody fingers like a man having suffered the Korean War.
The shadow of a dream chasing me
Addressed me like this:
……A defeated man of fortune expelled from hell,

You can't come back again······

······A maiden's hand, my gloves,
The clothes of clouds and my soiled lips······
This lyrics of popular song,
I sang
Until the chill skin of dawn meets with my body.
When the curtain of my death goes up
After the song stops

Oh, my old friends
Rushing to my last deathbed
To ask to pay off
The price of liquor
My shoes, the books
And the coffin into which I will be buried
(They comprehend the social manners and languages).

I, not to die,
The same as the past or the present,
Look at the obituary of the politician
And the man in a grey suit with the price
Of yesterday noticed upon the notice, to know
Everything had soared more than a thousand times
Than the times when we, three of us, discussed.

Trees and grass, however, grow again at Spring;

When is my end.

Without discerning life and death like darkness,

I'm a man who facing the dignity of death,

Am roaming around the edge of limits,

Like the waves of a lake or a ship,

Not able to come back to the hell;

And another I, who am roaming around the endless end with laughing and crying,

Am not able to remember my name and face myself.

종말

생애를 끝마칠
임종의 존엄을 앞두고
정치가와 회색 양복을 입은 교수와
물가지수를 논의하던
불안한 샹들리에 아래서
나는 웃고 있었다.

피로한 인생은
지나(支那)[19]의 벽처럼 우수수 무너진다.
나도 이에 유형(類型)되어
나의 종말의 목표를 지향하고 있었다.
그러나 숨 가쁜 호흡은 끊기지 않고
의식은 죄수와도 같이 밝아질 뿐

밤마다 나는 장미를 꺾으러
금단의 계곡으로 내려가서
동란을 겪은 인간처럼 온 손가락을 피로 물들이어
암흑을 덮어주는 월광을 가리키었다.

---

19 우리나라의 서북쪽, 아시아 동부에 있는 나라. 유의어 중국.

나를 쫓는 꿈의 그림자
다음과 같이 그는 말하는 것이다.
……지옥에서 밀려 나간 운명의 패배자
너는 또다시 돌아올 수 없다……

……처녀의 손과 나의 장갑을
구름의 의상과 나의 더럽힌 입술을……
이런 유행가의 구절을
새벽녘 싸늘한 피부가 나의 육체와 마주칠 때까지
노래하였다.
노래가 멈춘 다음
내 죽음의 막이 오를 때

오 생애를 끝마칠 나의 최후의 주변에
양주 값을
구두 값을 책값을
네가 들어갈 관(棺) 값을 청산하여 달라고
(그들은 사회의 예절과 언어를 확실히 체득하고 있다)
달려든 지난날의 친우들.

죽을 수도 없고
옛이나 현재나 변함이 없는 나
정치가와 회색 양복을 입은 교수의 부고와
그 상단에 보도되어 있는
어제의 물가 시세를 보고

세 사람이 논의하던 그 시절보다
모든 것이 천 배 이상이나 앙등(昂騰)되어 있는 것을 나는 알았다.
허나 봄이 되니 수목은 또다시 부풀어 오르고
나의 종말은 언제인가

어두움처럼 생과 사의 구분 없이
항상 임종의 존엄만 앞두고
호수의 물결이나 또는 배처럼
한계만을 헤매이는
지옥으로 돌아갈 수도 없는 자
이젠 얼굴도 이름도 스스로 기억지 못하는
영원한 종말을
웃고 울며 헤매는 또 하나의 나.

Non-Burial of the Night

What Bothers Us is Not a Dead Body But a Funeral

Let's not meet, you and I, from tomorrow.

I'm not a member of human family from the time to come.

I don't know why,

But if I were happy as now,

And had illusions just before,

My blood would be dried and my eyes closed.

On your bed, my love,

What I ought to desire is to end quickly

Like this happy moment.

The everlasting days of brightness and darkness,

In which my wretchedness continued all the time.

…An angel in the thunderstorm,

My place, he tells me with his bleeding tongue,

Is more like a dream than a castle built in the wild wilderness,

And plaintive as my pilgrimages.

Embracing your sweet breasts in my bosom,

I live where you die, my love, and

Your beginning starts where I die…

I think with ecstasy.

And I am looking at the days of youth

Just full with touches and fragrant odors

Depicted in the yonder sky like a rainbow.

You fell asleep in my bosom

Revealing your mystery and elegant body without concealment,

Substituting my love for an immortal beauty.

An unhappy angel who stopped breathing⋯.

You went away towards the darkness of happiness

With beauty and coldness like snow flowers,

Departing from me who remained with loneliness

And a dim time of sympathy.

Like a wind instrument playing a funeral

A whistle of the last train strikes down my mind.

Everything goes away like water

Leaving the naked truth with me naked

In the uneasy district.

My dear, pure unhappiness, misery and illusion,

You, yourself,

Be with me forever.

The sweet body, gray love,

And sensual time, I was conscious of, was too short.

The lost thing

And the one to live with desire⋯⋯

Being wiped out with love itself

I would not be a member of the human family from the time to come.

Everlasting night;

Everlasting body;

And everlasting non-burial of the night;

I, like a foreign traveller,

Put a cold black rose blossoming on the grave on my chest.

Being wrapped in the clothes of the dead, trembling in fear and anxiety,

I come back into the vast and hazy darkness.

You, however, can't come to your senses in my bosom.

밤의 미매장(未埋葬)
우리들을 괴롭히는 것은 주검이 아니라 장례식이다

당신과 내일부터는 만나지 맙시다.
나는 다음에 오는 시간부터는 인간의 가족이 아닙니다.
왜 그러할 것인지 모르나
지금처럼 행복해서는
조금 전처럼 착각이 생겨서는
다음부터는 피가 마르고 눈은 감길 것입니다.

사랑하는 당신의 침대[20] 위에서
내가 바랄 것이란 나의 비참(悲慘)이 연속되었던
수없는 음영의 연월(年月)이
이 행복의 순간처럼 속히 끝나줄 것입니다.
……뇌우 속의 천사
그가 피를 토하며 알려주는 나의 위치는
광막한 황지(荒地)에 세워진 궁전보다도 더욱 꿈같고
나의 편력처럼 애처롭다는 것입니다.

사랑하는 당신의 부드러운 젖과 가슴을 내 품 안에 안고
나는 당신이 죽는 곳에서 내가 살며

---

20 원본에는 '寢台'로 표기됨.

내가 죽는 곳에서 당신의 출발이 시작된다고……
황홀히 생각합니다.
그리고 저기 무지개처럼 허공에 그려진
감촉과 향기만이 짙었던 청춘의 날을 바라봅니다.

당신은 나의 품속에서 신비와 아름다운 육체를
숨김없이 보이며 잠이 들었습니다.
불멸의 생명과 나의 사랑을 대치하셨습니다.
호흡이 끊긴 불행한 천사……
당신은 빙화(氷花)처럼 차가우면서도
아름답게 행복의 어두움 속으로 떠나셨습니다.
고독과 함께 남아 있는 나와
희미한 감응의 시간과는 이젠 헤어집니다
장송곡을 연주하는 관악기 모양
최종 열차의 기적이 정신을 두드립니다.
시체인 당신과
벌거벗은 나와의 사실을
불안한 지구(地區)에 남기고
모든 것은 물과 같이 사라집니다.

사랑하는 순수한 불행이여 비참이여 착각이여
결코 그대만은
언제까지나 나와 함께 있어주시오
내가 의식하였던
감미한 육체와 회색 사랑과

관능적인 시간은 참으로 짧았습니다.

잃어버린 것과

욕망에 살던 것은……

사랑의 자체(姿體)와 함께 소멸되었고

나는 다음에 오는 시간부터는 인간의 가족이 아닙니다.

영원한 밤

영원한 육체

영원한 밤의 미매장

나는 이국의 여행자처럼

무덤에 핀 차가운 흑장미를 가슴에 답니다.

그리고 불안과 공포에 펄떡이는

사자(死者)의 의상을 몸에 휘감고

바다와 같은 묘망(渺茫)한[21] 암흑 속으로 뒤돌아 갑니다.

허나 당신은 나의 품 안에서 의식은 회복치 못합니다.

---

21 묘망(渺茫)하다 : 넓고 멀어서 바라보기에 아득하다.

A Flag of Suspicion

A flag fluttering like a thin loneliness,
It tells the distance between a body and ideas.

Empty times
Or some continuous lucky moments;
We can look at the ominousness
Like a torso standing upside down.

Battles and youths dispersed like fallen leaves.
There is no established thought on today and in the future.

Introspection in the wind;
We, however, want no death.
A streak of smoke rises
From the devastated land
And we are closing our eyes in a complete silence.

Impression is lonely like the last moment.
We can't hide our will and desire like the eye balls.
We are trembling
In these between areas;

In a trembling flag
Every impression, will and desire resumes its shape.

Through the summer and autumn of 1950's
A snake of affection matured from darkness
To pitch—black with years.
I, therefore, staggering, kept away from the road
Which the snake entered.

An unforgettable flag of suspicion;
An unforgettable flag of reverie;
Under this—kind of confused consciousness
Apollon is sinking down into the world
Embracing the disease of crisis.

의혹의 기(旗)

얇은 고독처럼 퍼덕이는 기
그것은 주검과 관념의 거리를 알린다.

허망한 시간
또는 줄기찬 행운의 순시(瞬時)
우리는 도립(倒立)된 석고처럼
불길(不吉)을 바라볼 수 있었다.

낙엽처럼 싸움과 청년은 흩어지고
오늘과 그 미래는 확립된 사념이 없다.

바람 속의 내성(內省)
허나 우리는 죽음을 원치 않는다.
피폐한 토지에선
한 줄기 연기가 오르고
우리는 아무 말도 없이 눈을 감았다.

최후처럼 인상은 외롭다.
안구(眼球)처럼 의욕은 숨길 수가 없다.
이러한 중간의 면적에
우리는 떨고 있으며

떨리는 깃발 속에
모든 인상과 의욕은 그 모습을 찾는다.

195……년의 여름과 가을에 걸쳐서
애정의 뱀은 어두움에서 암흑으로
세월과 함께 성숙하여 갔다.
그리하여 나는 비틀거리며
뱀이 걸어간 길을 피했다.

잊을 수 없는 의혹의 기
잊을 수 없는 환상의 기
이러한 혼란된 의식 아래서
'아폴론'²²은 위기의 병을 껴안고
고갈된 세계에 가랁아간다.

---

22 Apollon : 그리스 신화에 나오는 신. 제우스와 레토의 아들로 올림포스 12신 가운데 하나.
예언 · 의료 · 궁술 · 음악 · 시의 신. 로마 신화의 아폴로에 해당.

What Matters

To Kim Kwang—Joo, Writer of Nihility

Reaching towards
Into the common landscape,
I found within it
What matters
Making me excited;
I knew the thing which matters
Existed in the agony of living
Rather than in the pleasure of dying
And that it overflowed within
Me and my shadows.

In this world of darkness
Those things countlessly dispersed,
And I was walking to find darkness, too.

In the morning
The secret of mine nobody knows
Urges my tired steps to walk
And the gate of universe,
The paradise of this world,

Was under arms with guns and swords.

A carpenter and politician,
Your face is beautiful like twilight;
Born in the unknown land in the old days
And deceived by humiliation and languorous images
What's it you wanted.

What matters
Is the thing that endlessly tortures us
Beside the common death.

I've got to know,
With the despair of my youth
And the life connected with this disastrousness,
What matters only
Is clustered.

문제 되는 것
허무의 작가 김광주(金光洲)[23]에게

평범한 풍경 속으로

손을 뻗치면

거기서 길게 설레이는

문제 되는 것을 발견하였다.

죽는 즐거움보다도

나는 살아나가는 괴로움에

그 문제 되는 것이

틀림없이 실재되어 있고 또한 그것은

나와 내 그림자 속에

넘쳐흐르고 있는 것을 알았다.

이 암흑의 세상 허다한 그것들이

산재되어 있고

나는 또한 어두움을 찾아 걸어갔다.

아침이면

누구도 알지 못하는 나만의 비밀이

---

23 김광주(金光洲, 1910~1973) : 소설가 및 언론인. 소설집 『연애제백장(戀愛第百章)』『혼혈 아』 등이 있음.

내 피곤한 발걸음을 최촉(催促)하였고
세계의 낙원이었던
대학의 정문은
지금 총칼로 무장되었다.

목수꾼 정치가여
너의 얼굴은 황혼처럼 고웁다
옛날 그 이름 모르는 토지에 태어나
굴욕과 권태로운 영상(影像)에 속아가며
네가 바란 것은 무엇이었더냐

문제 되는 것
평범한 죽음 옆에서
한없이 우리를 괴롭히는 것

나는 내 젊음의 절망과
이 처참이 이어주는 생명과 함께
문제 되는 것만이
군집되어 있는 것을 알았다.

Even with Open Eyes

In the short moment while we can be confident
About our delicate memories,
We can do nothing about the situations
Not to see with open eyes.

Like sleet or
An illusion of waned love
The horror of today
Approaching and brightening
Like darkness;
Where my odd youth is sleeping
And time goes by.

On my rusty chest,
On the still water, there is no reminiscence and regret.

From the edge of the blue sky
The rains of the long summer fell down.
The days of sentimentality weeping with my nation
Truly
Are the situations never to see with open eyes.

Are we

Living in the blind days surely.

Is our eyesight seeking the shadow of obedience.

Leaning against a porthole of melancholy

We are stooping our necks,

Just want faith of

Our own unseen sensuality and will

Like the choice of living people

And silence of the dead man;

Oh, the dead

Buried in human value and the silent earth.

Another illusion, and

My ominous abhorrence;

A human corpse really worth being ridiculed

And the situation

In which we can't see with open eyes;

How dreadful humiliation they are.

Between only existence and absence.

눈을 뜨고도

우리들의 섬세한 추억에 관하여
확신할 수 있는 잠시
눈을 뜨고도
볼 수 없는 상태는 어찌할 수가 없었다.

진눈깨비처럼 아니
이지러진[24] 사랑의 환영처럼
빛나면서도
암흑처럼 다가오는
오늘의 공포
거기 나의 기묘한 청춘은 자고
세월은 간다.

녹슬은[25] 흉부에
잔잔한 물결에 회상과 회한은 없다.

푸른 하늘가를
기나긴 하계(夏季)의 비는 내렸다.

---

24 원본에는 '이즈러진'으로 표기됨.
25 원본에는 '녹쓸은'으로 표기됨. '녹슨' 의미.

겨레와 울던 감상(感傷)의 날도
진실로
눈을 뜨고도 볼 수 없는 상태
우리는 결코
맹목의 시대에 살고 있는 것인가.
시력은 복종의 그늘을 찾고 있는 것인가

지금 우수에 잠긴 현창(舷窓)에 기대어
살아 있는 자의 선택과
죽어간 놈의 침묵처럼
보이지는 않으나 관능과 의지의
믿음만을 원하며
목을 굽히는 우리들
오 인간의 가치와
조용한 지면(地面)에 파묻힌 사자(死者)들

또 하나의 환상과
나의 불길한 혐오
참으로 조소로운 인간의 주검과
눈을 뜨고도
볼 수 없는 상태
얼마나 무서운 치욕이냐.
단지 존재와 부재의 사이에서

Happiness

The old man lived on the land;
He looked up the sky, smoked a cigar
And read his own palm
Sitting on some withered leaves.
When he read a woman's story
Who had died while making love
On the newspaper,
A dove flied freely above the roof.
The old man didn't heave a sigh,
Wanted nothing more,
Recited the Bible, and put out the lamp.
He didn't say what's happiness;
He just fell asleep in silence.

He dreams
Of the day before when he drank with
Many friends and looked towards the road to death.
With a smile on his lips
He can refrain any bitter feeling.
He can hate
None of this moment at all.

Before he wants death,

The old times seems to be more everlasting,

And discerns

What is closer to him

Is fading away.

행복

노인은 육지에서 살았다.
하늘을 바라보며 담배를 피우고
시들은 풀잎에 앉아
손금도 보았다.
차 한 잔을 마시고
정사(情死)한 여자의 이야기를
신문에서 읽을 때
비둘기는 지붕 위에서 훨훨 날았다.
노인은 한숨도 쉬지 않고
더욱 아무것도 바라지 않으며
성서를 외우고[26] 불을 끈다.
그는 행복이라는 것을 말하지 않았다.
거저[27] 고요히 잠드는 것이다.

노인은 꿈을 꾼다.
여러 친구와 술을 나누고
그들이 죽음의 길을 바라보던 전날을.
노인은 입술에 미소를 띠우고

---

26 원본에는 '에우고'로 표기됨.
27 '그저'의 방언.

쓰디쓴 감정을 억제할 수가 있다.
그는 지금의 어떠한 순간도
증오할 수가 없었다.
노인은 죽음을 원하기 전에
옛날이 더욱 영원한 것처럼 생각되며
자기와 가까이 있는 것이
멀어져가는 것을
분간할 수가 있었다.

The Life and Death of Mr. X

Applying blood on the lips
Mr. X is dying.

In the dark specimen room
His memory of lifetime
  Was waiting for
  Mr. X's journey.

Without causes,
Even without legacy,
Mr. X is parting with his life.

As everyday life is like what it is
So a dead body is affectionate
  Like a friend.

The life and death of Mr. X
Isn't worth the object of papers and magazines.
It only remains its aftereffects on the table of anatomy
To a learned medical student
As a piece of material.

Under the lots of candlelights

The traces of scar are magnified;

Mr. X was full of sins.

His innocent wife,

The happiness flows through

The center of her consciousness.

Never

We could call his common death tragedy.

Avoiding misfortune torn to pieces,

Life and death combined,

And existence of solitude,

Mr. X

Could easily grab

The images which were everlastingly smiling.

미스터 모(某)의 생과 사

입술에 피를 바르고
미스터 모는 죽는다.

어두운 표본실에서
그의 생존시의 기억은
　미스터 모의 여행을
　기다리고 있었다.

원인도 없이
유산은 더욱 없이
미스터 모는 생과 작별하는 것이다.

일상이 그러한 것과 같이
주검은 친우와도 같이
　다정스러웠다.

미스터 모의 생과 사는
신문이나 잡지의 대상이 못 된다.
오직 유식한 의학도의
일편(一片)의 소재로서

해부의 대(臺)에 그 여운을 남긴다.

무수한 촉광 아래
상흔은 확대되고
미스터 모는 죄가 많았다.
그의 청순한 아내
지금 행복은 의식의 중간을 흐르고 있다.

결코
평범한 그의 죽음을 비극이라 부를 수 없었다.
산산이 찢어진 불행과
결합된 생과 사와
이러한 고독의 존립을 피하며
미스터 모는
영원히 미소하는 심상을
손쉽게 잡을 수가 있었다.

A Wooden Horse and a Lady

Having a drink

We are talking of Virginia Woolf's life

And the hem of a lady's dress who has gone riding on a wooden horse.

It has disappeared into the autumn tinkling just its bells,

Leaving its owner behind; A star falls from a bottle.

The heart—broken star is shattered lightly against my heart.

When the girl I kept in touch with for a while

Grows up by the grasses and trees in the garden,

Literature dies away and life fades out

And even the truth of love forsakes

The shadows of love and hate,

My beloved one on the wooden horse is not to be seen.

It's true that the days come and go;

The time of us withers away to avoid isolation

And now we should say goodbye;

Hearing the bottle falling by the wind,

We must look into the eyes of the old female novelist.

····To the Lighthouse····

Though the light is no more to be seen,

For the future of pessimism we cherish for nothing,

We must remember the mournful sounds of the wooden horse;

Whether everything leaves or dies,

Even just with gripping the dim consciousness lighting up in the minds,

We must listen to the sorrowful tales of Virginia Woolf;

Like a snake that has found its youth after creeping between the two rocks,

We must drink a glass of liquor with open eyes.

As life is not lonely

But just vulgar as the cover of a magazine,

Why do we apart for fear of something to regret.

When the wooden horse is in the sky

And its bells are tinkling at our ears,

When the autumn wind mourns hoarsely

In the fallen bottle of mine.

목마와 숙녀

한 잔의 술을 마시고
우리는 버지니아 울프의 생애와
목마를 타고 떠난 숙녀의 옷자락을 이야기한다
목마는 주인을 버리고 거저 방울 소리만 울리며
가을 속으로 떠났다 술병에서 별이 떨어진다
상심한 별은 내 가슴에 가벼웁게 부서진다
그러한 잠시 내가 알던 소녀는
정원의 초목 옆에서 자라고
문학이 죽고 인생이 죽고
사랑의 진리마저 애증의 그림자를 버릴 때
목마를 탄 사랑의 사람은 보이지 않는다
세월은 가고 오는 것
한때는 고립을 피하여 시들어가고
이제 우리는 작별하여야 한다
술병이 바람에 쓰러지는 소리를 들으며
늙은 여류 작가의 눈을 바라다보아야 한다
……등대에……
불이 보이지 않아도
거저 간직한 페시미즘의 미래를 위하여
우리는 처량한 목마 소리를 기억하여야 한다
모든 것이 떠나든 죽든

거저 가슴에 남은 희미한 의식을 붙잡고
우리는 버지니아 울프의 서러운 이야기를 들어야 한다
두 개의 바위틈을 지나 청춘을 찾은 뱀과 같이
눈을 뜨고 한 잔의 술을 마셔야 한다
인생은 외롭지도 않고
거저 잡지의 표지처럼 통속하거늘
한탄할 그 무엇이 무서워서 우리는 떠나는 것일까
목마는 하늘에 있고
방울 소리는 귓전에 철렁거리는데
가을바람 소리는
내 쓰러진 술병 속에서 목메어 우는데

Sentimental Journey

A weekend travel,
A postcard···the fallen leaves,
A girl who read a pathetic novel
According to the grief of an old popular song.

Li Tai-po's moon is gone
Weeping,
And you are a lady
Smoking a cigaret against a mural painting.

A gardener in Capri,
Let the odor of pipe fly;
Eve lives within my heart,
And I am holding her shadow.

Time is an idea,
Reading disguise.
And an artist who doesn't want to die.

What if today would go and come another day,
The fountain whithers in the city

People both of today and of yesterday
Don't know the history of heaven.

Excited when drinking,
Sad and pathetic when it's raining,
Sanity! Distinction!

Solitary are the trees;
Like a lady walking on her way alone,
The sweet and loving things get to die
And a river runs under the bridge.

A postcard falling down from the grass and the tree;
The long story
Is buried into the moon on the clouds,
And we depart a journey;
Our weekend journey.
No way,
It's just to the past days.

Oh, *Sentimental Journey*
Sentimental Journey

센티멘털 저니[28]

주말 여행
엽서…… 낙엽
낡은 유행가의 설움에 맞추어
피폐한 소설을 읽던 소녀.

이태백의 달은
울고 떠나고
너는 벽화에 기대어
담배를 피우는 숙녀.

카프리섬[29]의 원정(園丁)
파이프의 향기를 날려 보내라
이브는 내 마음에 살고
나는 그림자를 잡는다.

세월은 관념
독서는 위장
거저 죽기 싫은 예술가.

---

28 *Sentimental Journey* : 1768년 영국의 소설가 로렌스 스턴(Laurence Sterne)이 쓴 기행문.
29 Island of Capri : 나폴리 주변에 있는 아름다운 섬.

오늘이 가고 또 하루가 온들
도시에 분수는 시들고
어제와 지금의 사람은
천상유사(天上有事)를 모른다.

술을 마시면 즐겁고
비가 내리면 서럽고
분별이여 구분이여.

수목(樹木)은 외롭다
혼자 길을 가는 여자와 같이
정다운 것은 죽고
다리 아래 강은 흐른다.

지금 수목에서 떨어지는 엽서
긴 사연은
구름에 걸린 달 속에 묻히고
우리들은 여행을 떠난다
주말 여행
별말씀
거저 옛날로 가는 것이다.

아 센티멘털 저니
센티멘털 저니

Poems in America

아메리카 시초(詩抄)

On the Pacific Ocean

A sea gull and a thing;
Loneliness;
There is no time and the sun is cold.
I will have no desire,
Not to mention romance and emotion,
Be they there in the breaking foam.
Like a look of the dead
When the massive and rueful waves roared
I couldn't cry that I was a man alive;
I only floated on the deep and recondite ocean
For the belief of volition.

When it was foggy and raining on the Pacific Ocean,
The sea gulls with black wings and black snout
Mock at me near by me;
'A reverie'.
I have no ideas on the proportion
Between the lost and the remains.

Once when I talked about my old anxieties
Vessels with cannons sunk in this ocean

Hundreds of thousands of people died;
In the quiet dark ocean everything went to sleep.
Yes; What am I conscious of?
Just a thing being alive.

The wind blows.
Blow as you want. I, hanging on the deck,
Smoke in commemoration of this.
Endless loneliness. To where the smoke goes.

Oh, Nights, let me get sleep
Between the infinite sky and the deep.

태평양에서

갈매기와 하나의 물체
'고독'
연월(年月)도 없고 태양은 차갑다.
나는 아무 욕망도 갖지 않겠다.
더욱이 낭만과 정서는
저기 부서지는 거품 속에 있어라.
죽어간 자의 표정처럼
무겁고 침울한 파도 그것이 노할 때
나는 살아 있는 자라고 외칠 수 없었다.
거저 의지의 믿음만을 위하여
심유(深幽)한 바다 위를 흘러가는 것이다.

태평양에 안개가 끼고 비가 내릴 때
검은 날개에 검은 입술을 가진
갈매기들이 나의 가까운 시야에서 나를 조롱한다.
'환상'
나는 남아 있는 것과
잃어버린 것과의 비례를 모른다.

옛날 불안을 이야기했었을 때
이 바다에선 포함(砲艦)이 가라앉고

수십만의 인간이 죽었다.
어둠침침한 조용한 바다에서 모든 것은 잠이 들었다.
그렇다. 나는 지금 무엇을 의식하고 있는가?
단지 살아 있다는 것만으로서.

바람이 분다.
마음대로 불어라. 나는 덱'에 매달려
기념이라고 담배를 피운다.
무한한 고독. 저 연기는 어디로 가나.

밤이여. 무한한 하늘과 물과 그 사이에
나를 잠들게 해라.

(태평양에서)

---

1 deck : 갑판. 원본에는 '덱키'로 표기됨.

For 15 Days

There is no use for me flouncing
On a clean sheet.
A cry of fear hearing from the empty space;
In the narrow room butterflies are flying.
A ceremony
To hear it,
To see it.
There is no difference between yesterday and today,
The man I worry about moves away more and more everyday,
But I should give a languorous yawning
Like a prisoner waiting for death.

Minute particles falling down outside windows
And a dictionary full of lies
I look at helplessly.
No one to swear at
Under the changeless sea and sky;
I have to roam about the world of reverie
Like a gull flying from Alaska.

A bottle of whisky and ten boxes of tobacco,

Nay, my mind are wearing out. Time,
15 days has no meaning on the Pacific Ocean.
But
The scent of isolation and complex
Imbued into my face and cracked body.

The sea roars and I am about to sleep.
I dream of my ego in the nature of countless years.
It is perhaps a dark and horrible delusion
Groping a debris of
Weird desire and reminiscence.

After night the day of anguish comes.
I drink a coffee for measure.
The sky and the sea everywhere
Immersed in iron and a giant pathos.
So, I was not lonely yesterday.

15일간

깨끗한 시트[2] 위에서
나는 몸부림을 쳐도 소용이 없다.
공간에서 들려오는 공포의 소리
좁은 방에서 나비들이 날은다.
그것을 들어야 하고
그것을 보아야 하는
의식(儀式).
오늘은 어제와 분별이 없건만
내가 애태우는 사람은 날로 멀건만
죽음을 기다리는 수인(囚人)과 같이
권태로운 하품을 하여야 한다.

창밖에 내리는 미립자
거짓말이 많은 사전(辭典)
할 수 없이 나는 그것을 본다
변화가 없는 바다와 하늘 아래서
욕할 수 있는 사람도 없고
알래스카에서 달려온 갈매기처럼

---

2 원본에는 '시이스'로 표기됨.

나의 환상의 세계를 휘돌아야 한다.

위스키 한 병 담배 열 갑
아니 내 정신이 소모되어 간다. 시간은
15일간을 태평양에서는 의미가 없다.
허지만
고립과 콤플렉스의 향기는
내 얼굴과 금 간 육체에 젖어버렸다.

바다는 노하고 나는 잠들려고 한다.
누만년(累萬年)의 자연 속에서 나는 자아를 꿈꾼다.
그것은 기묘한 욕망과
회상의 파편을 다듬는
음참(陰慘)한 망집(妄執)이기도 하다.

밤이 지나고 고뇌의 날이 온다.
척도를 위하여 커피를 마신다.
사변(四邊)은 철(鐵)과 거대한 비애에 잠긴
하늘과 바다.
그래서 나는 어제 외롭지 않았다.

(태평양에서)

Bloodshot Eyes

I passed the STRAIT OF JUAN ED FUCA
Yesterday.
Olympia, a foreign harbor,
Where the winds are whirling
Around my eyeballs;
People who do not sleep, vomiting their blood,
Come to the streets as if waiting for happiness.

On the street of neon lamps caused by illusion,
Primary colors and blood vessels are not to be seen by my eyes.
I should drink wine with bubbles brimming over
And see a woman flaring with lust.
I should fly and run
Struggling into the heavy silence
Her trembling fingers point.

The world is good;
Across the Pacific Ocean
On which a rain of blood is falling,
And the ashes of the body are scattering,
A person who can't come back again

Must leave.

Nay, I scream towards the sky

The world is unhappy,

And for desire

Glaring like begonia at the body

I should be free to write about truth and false.

A youth and his miracle

Throw a shadow of grief at my waist,

And the bloodshot eyes are looking at

The heavy wind

Running through a valley of the city.

충혈된 눈동자

STRAIT OF JUAN DE FUCA³를 어제 나는
지났다.
눈동자에 바람이 휘도는
이국의 항구 올림피아
피를 토하며 잠자지 못하던 사람들이
행복이나 기다리는 듯이 거리에 나간다.

착각이 만든 네온의 거리
원색(原色)과 혈관은 내 눈엔 보이지 않는다.
거품에 넘치는 술을 마시고
정욕에 불타는 여자를 보아야 한다.
그의 떨리는 손가락이 가리키는
무거운 침묵 속으로 나는
발버둥 치며 달아나야 한다.

세상은 좋았다
피의 비가 내리고
주검의 재가 날리는 태평양을 건너서

---

3 후안데푸카 해협. 미국 국경과 캐나다 벤쿠버 섬 사이에 있는 해협.

다시 올 수 없는 사람은 떠나야 한다
아니 세상은 불행하다고 나는 하늘에
고함친다
몸에서
베고니아처럼 화끈거리는 욕망을 위해
거짓과 진실을 마음대로 써야 한다.

젊음과 그가 가지는 기적은
내 허리에 비애의 그림자를 던졌고
도시의 계곡 사이를 달음박질치는
육중한 바람을
충혈된 눈동자는 바라다보고 있었다.

(올림피아에서)

One Day

Talking about Abraham Lincoln with a black
Who bought a bottle of wine
For the Easter of April 10th
Across the forest of dense buildings
I look at a still advertisement on a movie theater
······Karmen Jones······

Mr. Mon drives a truck,
His wife is kissing a cook,
And I watch television
Made by Giret.

The mother of a first lieutenant died in the Korean War
Shows me around downtown Seattle
Holding me by the hand, with saying I'm the first Korean she sees.

What do they mean;
The white clouds in the American sky
Under which many people live,
And many people have to cry.

I heard, I saw
All the grief and Joy.

I thought America is a nation of Whitman
That America is a nation of Lincoln,
But the black man drinks
Weeping bitterly,
With "Bravo······Korean."

어느 날

4월 10일의 부활제를 위하여
포도주 한 병을 산 흑인과
빌딩의 숲속을 지나
에이브러햄 링컨의 이야기를 하며
영화관의 스틸 광고를 본다.
……카르멘 존스[4]……

미스터 몬은 트럭을 끌고
그의 아내는 쿡과 입을 맞추고
나는 '지렛' 회사의 텔레비전을 본다.

한국에서 전사한 중위의 어머니는
이제 처음 보는 한국 사람이라고 내 손을 잡고
시애틀 시가를 구경시킨다.

많은 사람이 살고
많은 사람이 울어야 하는
아메리카의 하늘에 흰 구름.

---

4 〈Carmen Jones〉: 1954년 오토 프레민저(Otto Preminger) 감독이 만든 영화 제목.

그것은 무엇을 의미하는가.

나는 들었다 나는 보았다
모든 비애와 환희를.

아메리카는 휘트먼의 나라로 알았건만
아메리카는 링컨의 나라로 알았건만
쓴 눈물을 흘리며
브라보…… 코리안 하고
흑인은 술을 마신다.

(에버렛에서)

A Poem Not—To—Be Poem on a Day

When someone asked
Are you a Japanese? Or a Chinese?
I laughed unpleasantly;
Drinking liquor a lot of bubbles,
I asked him, too;
Are you an American citizen?
I told him with pride
We have one nation and language
And the threadbare history like a lie.
Sunset.
At the nook of a tavern a black was polishing a couple of shoes,
Another street boy smoking with joy.

The show—window of the crowded bookstore
Where the biography of an actress, Greta Garbo, is
With some detective stories piled up beside it,
I didn't enter the store.

The rain is falling down.
On my cap, there's an oppression without weight.
Walking, therefore, along a back street,

I said sentimentally to myself;
I want to go back to Seoul in a hurry.

어느 날의 시가 되지 않는 시

당신은 일본인이지요?
차이니스? 하고 물을 때
나는 불쾌하게 웃었다
거품이 많은 술을 마시면서
나도 물었다
당신은 아메리카 시민입니까?
나는 거짓말 같은 낡아빠진 역사와
우리 민족과 말이 단일하다는 것을
자랑스럽게 말했다.
황혼.
태번[5] 구석에서 흑인은 구두를 닦고
거리의 소년이 즐겁게 담배를 피우고 있다.

여우(女優) '가르보'[6]의 전기(傳記) 책이 놓여 있고
그 옆에는 디텍티브 스토리[7]가 쌓여 있는
서점의 쇼윈도

---

5 tavern : 선술집. 여인숙. 원본에는 '타아반'으로 표기됨.
6 그레타 가르보(Greta Garbo, 1905~1990) : 스웨덴 출신의 미국 영화배우. 주요 출연작으로 〈마타 하리〉(1931), 〈크리스티나 여왕〉(1933) 등이 있음.
7 detective story : 탐정 이야기.

손님이 많은 가게 안을 나는 들어가지 않았다.

비가 내린다.
내 모자 위에 중량이 없는 억압이 있다.
그래서 뒷길을 걸으며
서울로 빨리 가고 싶다고
센티멘털한 소리를 한다.

(에버렛에서)

Journey

Without realising it, I set out on
A journey to a distant country.
I, poet without a penny in my pocket,
Not to mention even rice in the house,
Whether with other's deceiving
Or with my own delusion,
On a ship
Across the ocean into which many died,
Came to wander around a strange country.

Watching a rainy state park
On my notebook I am writing down
The name of a man who flew under this bridge
Two hundred years ago;
Captain XX,
With whom I have nothing to do,
Both a stranger and the dead man
Can't forget
The blue depth of a sleeping lake?

The land known as a glorious freedom,

The red street of Seattle, a city of America,

With neon lamps,

Where the exuberant forests are,

And the houses like a luxurious palace stretching endlessly,

I, fainting, am walking on.

Nay, with a keener mind

I came into a tavern and faced homesickness.

Faded reminiscence,

Everlasting solitude,

A morsel of Korean clay left on the shoes,

A smoke of * 'Peacock' without a label,

These are my pride

My loneliness.

Again on the night street,

A stranger on Portland

Drinking a water on the street;

A man going there

As what does he regard me.

* Peacock : Korean tobacco name

여행

나는 나도 모르는 사이에 먼 나라로
여행의 길을 떠났다.
수중엔 돈도 없이
집엔 쌀도 없는 시인이
누구의 속임인가
나의 환상인가
거저 배를 타고
많은 인간이 죽은 바다를 건너
낯선 나라를 돌아다니게 되었다.

비가 내리는 주립공원을 바라보면서
200년 전
이 다리 아래를 흘러간 사람의 이름을
수첩에 적는다.
캡틴 × ×
그 사람과 나는 관련이 없건만
우연히 온 사람과 죽은 사람은
저기 푸르게 잠든 호수의 수심을
잊을 수 없는 것일까.

거룩한 자유의 이름으로 알려진 토지

무성한 삼림이 있고
비렴계관(飛廉桂館)[8]과 같은 집이
연이어 있는 아메리카의 도시
시애틀의 네온이 붉은 거리를
실신(失神)한 나는 간다
아니 나는 더욱 선명한 정신으로
태번에 들어가 향수를 본다.
이지러진 회상
불멸의 고독
구두에 남은 한국의 진흙과
상표도 없는 '공작(孔雀)'[9]의 연기
그것은 나의 자랑이다
나의 외로움이다.

또 밤거리
거리의 음료수를 마시는
포틀랜드의 이방인
저기
가는 사람은 나를 무엇으로 보고 있는가.

(포틀랜드에서)

---

8 '비렴'과 '계관'. 한(漢)나라 무제가 지음 누관(樓觀)의 이름. 화려한 건물을 상징함.
9 1940년대 국산 담배 상표.

The Sailors

The sailors talk with the gulls
On the deck;
···Where did you come from···
The prostitute of Singapore,
Lightening up a cigarette,
I can remember even now.
The black−faced woman with dark lips,
Saying she would wait for me like a statue on the wharf;
Waves, break like a dream.
In the countless nights of pure white
A harmonica sounds miserable;
Portland is a good place with lot of pubs,
And in the night of the bright neon lights like painted with crayons,
Let's just sing a song 'Arirang'.

(In Portland···. I changed a sailor's monologue into my images, who
barely speaks Korean.)

수부(水夫)들

수부들은 갑판에서
갈매기와 이야기한다
……너희들은 어데서 왔니……
화란(和蘭)[10] 성냥으로 담배를 붙이고
싱가포르 밤거리의 여자
지금도 생각이 난다.
동상처럼 서서 부두에서 기다리겠다는
얼굴이 까만 입술이 짙은 여자
파도여 꿈과 같이 부서지라
헤아릴 수 없는 순백한 밤이면
하모니카 소리도 처량하고나
포틀랜드 좋은 고장 술집이 많아
크레용 칠한 듯이 네온이 밝은 밤
아리랑 소리나 한번 해보자

(포틀랜드에서…… 이 시는 겨우 우리말을 쓸 수 있는
어떤 수부의 것을 내 이미지로 고쳤다)

---

10 '네덜란드'의 한자어 표기.

Sunday of Everlet

Mr. Mon, Polish,
Came to pick me up in his car.
On Sunday of Everlet,
I sang a Korean song without putting on shirts.
Just lonely and faintly
It's enough for me to sing a song
...papa loves mambo...
Donna, who dances,
Is walking along the lake with her dog.

A gentleman just at heart,
Watching television for the first time,
And drinking beer without calories;
There's none to say
Whether it's for a happy thing or for a sad thing.

Sunset.
The time which makes me recall romance.
I'm overwhelmingly crazy about my homeland.

Therefore, Mon and I,
Have nothing to say and now
We have to part.

에버렛의 일요일

분란인(芬蘭人)[11] 미스터 몬은
자동차를 타고 나를 데리러 왔다.
에버렛의 일요일
와이셔츠도 없이 나는 한국 노래를 했다.
그저 쓸쓸하게 가냘프게
노래를 부르면 된다
……파파 러브스 맘보[12]……
춤을 추는 돈나[13]
개와 함께 어울려 호숫가를 걷는다.

텔레비전도 처음 보고
칼로리가 없는 맥주도 처음 마시는
마음만의 신사
즐거운 일인지 또는 슬픈 일인지
여기서 말해주는 사람은 없다.

---

11 '핀란드인'의 한자어 표기

12 〈Papa loves mambo〉 : 미국의 대중가수 페리 코모(Perry Como | Pierino Ronald Como,
   1912~2001)의 대표곡.

13 donna : 귀부인.

석양.
낭만을 연상케 하는 시간.
미칠 듯이 고향 생각이 난다.

그래서 몬과 나는
이야기할 것이 없었다 이젠
헤져야 된다.

(에버렛에서)

A Poem of 1 a. m.

On the Portland night street
More blazing than bright day,
A monotonous rhapsody of Glenn Miller was heard.
A mannequin weeping in the show window.

For my short time that is not left,
When I drink a gin fizz as a celebration,
A cold rain is falling down on my rusty heart and brain.

I have nothing to say to my friends when I come back,
Except the grave of men which is made of glass,
With my weeping at the valley of city
Covered with bricks and concrete···.

Neons of vanity
Charming me like angels.
You have no eyes and sentiment.
Here humans don't sing about 'life'
But melancholic meditation only saves me.

Like a dust flown with wind

I am just a microorganism in this strange land.

Nay, I, flown with wind,

Come back to an odd ceremony

And to the rusty past

Which was good, though.

새벽 한 시의 시

대낮보다도 눈부신
포틀랜드의 밤거리에
단조로운 '글렌 밀러'[14]의 랩소디가 들린다.
쇼윈도에서 울고 있는 마네킹.

앞으로 남지 않은 나의 잠시를 위하여
기념이라고 진피즈[15]를 마시면
녹슬은 가슴과 뇌수에 차디찬 비가 내린다.

나는 돌아가도 친구들에게 얘기할 것이 없구나
유리로 만든 인간의 묘지와
벽돌과 콘크리트 속에 있던
도시의 계곡에서
흐느껴 울었다는 것 외에는…….

천사처럼
나를 매혹시키는 허영의 네온.

---

14 글렌 밀러(Glenn Miller | Alton Glenn Miller. 1904~1944) : 독일계 미국인 트럼본 연주
   자. 재즈를 초기 미국 대중문화로 자리잡게 한 인물.
15 gin fizz : 진에 설탕, 얼음, 레몬을 넣고 탄산수를 부어 만든 칵테일.

너에게는 안구(眼球)가 없고 정서(情抒)가 없다.
여기선 인간이 생명을 노래하지 않고
침울한 상념만이 나를 구한다.

바람에 날려온 먼지와 같이
이 이국의 땅에선 나는 하나의 미생물이다.
아니 나는 바람에 날려와
새벽 한 시 기묘한 의식으로
그래도 좋았던
부식(腐蝕)된 과거로
돌아가는 것이다.

(포틀랜드에서)

A Man on the Bridge

The man on the bridge,
Startling at the sound of wave striking at the rock,
Leaving his love and hatred and debt at his country,
Hold on the parapet
With his needle−like fingers.
Swallowing down the bitter tears,
The solid mass of cold iron,
And sinking down into the confused consciousness,
The man on the bridge
Calls the name of God
On the silent and wretched earth reached at the end of long voyage.

While he has been living,
An endless storm of life and loneliness and isolation never end,
And for a long time
Rain and snow fall down on Deception Pass.
As we have to meet
Cause fate makes us part again,
The man on the bridge now
Tries to forget the desolate wind
Blowing from the Straits of Rosario.

When trying to forget
A new anxiety obstructing the eyes,
A burning head,
His consciousness drops below the cliff.

The Sun, like a lemon, waves on the water,
In the sky of the state park
Goes the machine shining like an emerald.
Invariably the water flows under the bridge.
Like the blood of a hopeless man,
A blue water flows.
The man on the bridge
Couldn't control his staggering steps.

다리 위의 사람

다리 위의 사람은
애증과 부채(負債)를 자기 나라에 남기고
암벽에 부딪히는 파도 소리에 놀라
바늘과 같은 손가락은
난간을 쥐었다.
차디찬 철(鐵)의 고체
쓰디쓴 눈물을 마시며
혼란된 의식에 가랁아버리는
다리 위의 사람은
긴 항로 끝에 이르는 정막한 토지에서
신의 이름을 부른다.

그가 살아오는 동안
풍파와 고절(孤絕)은 그칠 줄 몰랐고
오랜 세월을 두고
DECEPTION PASS[16]에도
비와 눈이 내렸다.
또다시 헤어질 숙명이기에

---

16 디셉션 패스. 시애틀을 둘러싼 바다와 섬을 통과하는 물길. 그 위에 세워진 다리가 높고
전망이 좋다.

만나야만 되는 것과 같이
지금 다리 위의 사람은
로사리오 해협[17]에서 불어오는
처량한 바람을 잊으려고 한다.
잊으려고 할 때 두 눈을 가로막는
새로운 불안
화끈거리는 머리
절벽 밑으로 그의 의식은 떨어진다.

태양이 레몬과 같이 물결에 흔들거리고
주립공원 하늘에는
에메랄드처럼 빤짝거리는 기계가 간다.
변함없이 다리 아래 물이 흐른다.
절망된 사람의 피와도 같이
파란 물이 흐른다
다리 위의 사람은
흔들리는 발걸음을 걷잡을 수가 없었다.

(아나코테스에서)

---

17 Rosario Strait : 워싱턴주 북부의 해협.

Transparent Variety

A rusty
Bank, a movie theater and an electric washing machine;

Lucky strike,
Bingo game of the Vancy Hotel,

In the robby of Consulate,
In the gaudy department,
A card of the Easterday
And Ranier beer,

Thinking of the yesterdays
I am watching at the LATE NIGHT NEWS on television.
Crazy music
On the Canada Broadcasting Center,
A gentleman and a prostitute
Kissing each other,
Aiming the breasts;
Washington State of America.

A wet boy and a cigarette

A lonely and isolated library;

Today, the old Miss has menstruation.
Opening her eyes wide like a female comedian,
She puts down Dr. Choi, Hyun Bae's *Korean Version*
Beside her handbag.

A typewriters' nervousness;
A tree grows up in the machine,
And people born from the engine.

A newspaper and the hem of lady's clothes stop the road.
Does the former prime minister, holding a cigar in his mouth,
Love American girls?

Like an afternoon of colony
The flag of a company flutters,
And Perry Como's Papa Loves Mambo.

A torn trumpet,
Folded lust.

Democracy and the naked goddess,
Fashion of no-calorie beer,
A designer feeling pleasure from fashion,

And me with an expression of trembling.
A rose on the trunk fades,
Civilization is drawing a subtle curve.

Birds sleep,
And we are looking at the painted lawn;
In the Union Pacific running
A merchant dreams a lonely engagement.
Defiant M. Monroe's
Clothes with its wings.

A Japanese propaganda in a church
Smells Cresol,
In the old days
A country which received Rudolph Alfonse Valentino's body
With bitterness,
The lady of the days gets old
And America didn't forget the shading of it's youth.

Strip—show,
The darkness of cigarette smoke,
Neon signs without eyesights.

Yes. after '10 years of sex'
The youth came back escaping from the battle ground.

The man who looked at
His honour and the moon of Europe⋯

On the street where the repetition of
Chaos and order waves,
The time of confession goes by.

The sun persistantly shines down
And Mt. Hoot's snow has not changed.

From my throat thin like a pencil
Pathetic sounds comes out which will be worthless tomorrow.

Mean thoughts,

America Mona Lisa,

Philip Morris, Mirris Bridge,

Heartless happiness will be fine
Before April, 10, Easter,
Good bye
Good and Good bye

투명한 버라이어티

녹슬은
은행과 영화관과 전기세탁기

럭키 스트라이크
VANCE 호텔 BINGO 게임.

영사관 로비에서
눈부신 백화점에서
부활제의 카드가
RAINIER 맥주[18]가.

나는 옛날을 생각하면서
텔레비전의 LATE NIGHT NEWS를 본다.
캐나다 CBC 방송국의
광란한 음악
입 맞추는 신사와 창부.
조준은 젖가슴
아메리카 워싱턴주.

---

18 워싱턴주 시애틀의 특산품.

비에 젖은 소년과 담배
고절(孤絶)된 도서관
오늘 올드미스는 월경(月經)이다.
희극 여우(女優)처럼 눈살을 피면서
최현배 박사의 『우리말본』을
핸드백 옆에 놓는다.

타이프라이터의 신경질
기계 속에서 나무는 자라고
엔진으로부터 탄생된 사람들.

신문과 숙녀의 옷자락이 길을 막는다.
여송연(呂宋煙)[19]을 물은 전(前) 수상은
아메리카의 여자를 사랑하는지?

식민지의 오후처럼
회사의 깃발이 퍼덕거리고
페리 코모[20]의 '파파 러브스 맘보'

찢어진 트럼펫
꾸겨진 애욕.

---

19 담뱃잎을 썰지 아니하고 통째로 돌돌 말아서 만든 담배.
20 페리 코모(Perry Como) : 미국의 인기 가수. 대표곡은 〈And I Love So〉〈Papa Loves Mambo〉 등.

데모크라시와 옷 벗은 여신과
칼로리가 없는 맥주와 유행과
유행에서 정신을 희열하는
디자이너와
표정이 경련하는 나와

트렁크 위에 장미는 시들고
문명은 은근한 곡선을 긋는다.

조류(鳥類)는 잠들고
우리는 페인트칠한 잔디밭을 본다
달리는 '유니언 퍼시픽' [21] 안에서
상인은 쓸쓸한 혼약의 꿈을 꾼다.
반항적인 'M. 먼로' [22]의
날개 돋친 의상.

교회의 일본어 선전물에서는
크레졸 냄새가 나고
옛날

---

21 Union Pacific : 미국 최초의 대륙 횡단 철도. 오마하를 기점으로 시애틀, 로스앤젤레스,
   덴버 등지에 이른다.

22 Marilyn Monroe | Norma Jeane Mortensen, 1926~1962) : 미국의 영화배우. 출연작으로
   〈신사는 금발을 좋아한다〉〈돌아오지 않는 강〉 등.

'루돌프 앨폰스 발렌티노'[23]의 주검을
비탄으로 맞이한 나라
그때의 숙녀는 늙고
아메리카는 청춘의 음영을 잊지 못했다.

스트립쇼
담배 연기의 암흑
시력이 없는 네온사인.

그렇다 '성(性)의 10년'이 떠난 후
전장(戰場)에서 청년은 다시 도망쳐왔다
자신과 영예와
구라파의 달[月]을 바라다보던 사람은……

혼란과 질서의 반복이
물결치는 거리에
고백의 시간은 간다.

집요하게 태양은 내리쪼이고
MT. HOOT의 눈은 변함이 없다.

연필처럼 가느다란 내 목구멍에서

---

23 Rudolph Alponse Valentino(1895~1926) : 이탈리아 태생의 미국 영화배우. 출연작으로
〈묵시록의 네 기사〉 〈피와 모래〉 등.

내일이면 가치가 없는 비애로운 소리가 난다.

빈약한 사념

아메리카   모나리자

필립 모리스[24]   모리스 브리지

비정한 행복이라도 좋다
4월 10일의 부활제가 오기 전에
굿바이
굿 앤드 굿바이

VANCE 호텔 – 시애틀에 있음.
파파 러브스 맘보 – 최근의 유행곡.
모리스 브리지 – 포틀랜드의 다리 이름.

---

24 Philip Morris : 미국의 담배 제조 회사.

An Everlasting Head Chapter
영원한 서장(序章)

To My Little Daughter

Facing the roars of guns and cannons,
You were born in this world of the bodies.
So, you don't cry to your heart,
And are growing up feebly.

Holding you in her arms,
Your mother moved seven times in three months.

On the day when it was cold with mixed
Blood and rain and snow-mingled wind,
On a freight train counting the stars above,
You came to the south naked to the bone.

My little daughter! For what do you cry so badly,
Without pleading in spite of suffering.
Thou, growing up just with your mom's milk, smiling.

Your lake-like blue eyes;
The thin machine like a needle comes to destroy the enemies far
away.
However, it has no shadows.

You mom says she'll let you grow up in luxury,
Who can say when this war will end;
Oh, my little daughter! Will you be happy
Forever?

When this war is over, you will grow taller;
When we come back to the house left in Seoul,
You, you are the girl, who won't know when and where you were born.

My little daughter,
Where is your hometown and your country?
Will be there anyone alive
Who can tell it to you.

어린 딸에게

기총과 포성의 요란함을 받아가면서
너는 세상에 태어났다 주검의 세계로
그리하여 너는 잘 울지도 못하고
힘없이 자란다.

엄마는 너를 껴안고 3개월간에
일곱 번이나 이사를 했다.

서울에 피의 비와
눈바람이 섞여 추위가 닥쳐오던 날
너는 입은 옷도 없이 벌거숭이로
화차 위 별을 헤아리면서 남으로 왔다.

나의 어린 딸이여 고통스러워도 애소(哀訴)도 없이
그대로 젖만 먹고 웃으며 자라는 너는
무엇을 그리우느냐.

너의 호수처럼 푸른 눈
지금 멀리 적을 격멸하러 바늘처럼 가느다란 기계는 간다. 그러나 그림
자는 없다.

엄마는 전쟁이 끝나면 너를 호강시킨다 하나
언제 전쟁이 끝날 것이며
나의 어린 딸이여 너는 언제까지나
행복할 것인가.

전쟁이 끝나면 너는 더욱 자라고
우리들이 서울에 남은 집에 돌아갈 적에
너는 네가 어데서 태어났는지도 모르는
그런 계집애.

나의 어린 딸이여
너의 고향과 너의 나라가 어데 있느냐
그때까지 너에게 알려줄 사람이
살아 있을 것인가.

Without a Stream of Tears

On the field thick with sepulchral weeds
A soldier lay;
Roses bloomed in the clouds,
And doves cooed on the roof of a field hospital.

The soldier, waiting for dignified death,
Listened to the burning military shoes
Which were marching to the front in rows;
Oh, close the windows.

Battles for retaking a fortress on a highland;
Jet planes, mine throwers, and hand grenades.
Mother! At his last cry
It began to rain from the sky.

The old days are a gorgeous picture book;
Each leave of which contains the dear stories.
He, wrapped up in the white bandages
Dispatched without a hurrah,
Died unseen on the field.

Without a stream of tears,
As a name of man,
He offered his own blood and youth
And freedom.

On the field thick with sepulchral weeds
There is none to visit right now.

한 줄기 눈물도 없이

음산(陰酸)한 잡초가 무성한 들판에
용사(勇士)가 누워 있었다.
구름 속에 장미가 피고
비둘기는 야전병원 지붕에서 울었다.

존엄한 죽음을 기다리는
용사는 대열을 지어
전선으로 나가는 뜨거운 구두 소리를 듣는다.
아 창문을 닫으시오.

고지 탈환전
제트기 박격포 수류탄
'어머니' 마지막 그가 부를 때
하늘에서 비가 내리기 시작했다.

옛날은 화려한 그림책
한 장 한 장마다 그리운 이야기
만세 소리도 없이 떠나
흰 붕대에 감겨
그는 남모르는 토지에서 죽는다.

한줄기 눈물도 없이
인간이라는 이름으로서
그는 피와 청춘을
자유를 위해 바쳤다.

음산한 잡초가 무성한 들판엔
지금 찾아오는 사람도 없다.

A Sleepless Night

I was lonelier
In the wide earth with many creatures.
When I feebly came back home, a family of three
Looked up at me. I, however, indulged
In reminiscence sticking to the cold wall.

My fortune and friends were gone because of the war.
The books for intelligence of human turned into the ashes,
And the glory of past was gone.
The friends so genial broke off,
And didn't answer when I call their name.
I can't sleep today owing to the roar of the airplanes.

Reading poems for the sleepless night,
Shimmers his tender and easy face like an illusion
On the blank pages.
The friend, scattering without any promises for the future,
Was kidnapped by communists.
He might escape from the world of agony
At the speed of the dead.

The war of justice woke me up.

I drank at the paramita of oblivion for a long time.

Each and every day was to me

A miserable festival.

When I give insight into the fights in front of my garden,

Which happened as the ceaseless name of freedom,

I profess my departure is late.

My fortune⋯that is scrap;

My life⋯that is scrap, too

Oh, what a magnificent thing it is, to be destroyed.

My mind isn't what it used to be. But

I am truly craven for my family depending on me.

Why do I make a bow and talk to him.

I gaze at my last days.

Therefore, I weep alone.

In the wide earth with many creatures

Only I am a late comer.

As I don't know when I will die

I have an endless attachment to my life.

잠을 이루지 못하는 밤

넓고 개체(個體) 많은 토지에서
나는 더욱 고독하였다.
힘없이 집에 돌아오면 세 사람의 가족이
나를 쳐다보았다. 그러나
나는 차디찬 벽에 붙어 회상에 잠긴다.

전쟁 때문에 나의 재산과 친우가 떠났다.
인간의 이지를 위한 서적 그것은 잿더미¹가 되고
지난날의 영광도 날아가버렸다.
그렇게 다정했던 친우도 서로 갈라지고
간혹 이름을 불러도 울림조차 없다.
오늘도 비행기의 폭음이 귀에 잠겨
잠이 오지 않는다.

잠을 이루지 못하는 밤을 위해 시를 읽으면
공백(空白)한 종이 위에
그의 부드럽고 원만하던 얼굴이 환상처럼 어린다.

---

1 원본에는 '재떼미'로 표기됨.

미래에의 기약도 없이 흩어진 친우는
공산주의자에게 납치되었다.
그는 사자(死者)만이 갖는 속도로
고뇌의 세계에서 탈주하였으리라.

정의의 전쟁은 나로 하여금 잠을 깨운다.
오래도록 나는 망각의 피안에서 술을 마셨다.
하루하루가 나에게 있어서는
비참한 축제이었다.

그러나 부단한 자유의 이름으로서
우리의 뜰 앞에서 벌어진 싸움을 통찰(洞察)할 때
나는 내 출발이 늦은 것을 고(告)한다.

나의 재산…… 이것은 부스럭지²
나의 생명…… 이것도 부스럭지
아 파멸한다는 것이 얼마나 위대한 일이냐.

마음은 옛과는 다르다. 그러나
내게 달린 가족을 위해 나는 참으로 비겁하다
그에게 나는 왜 머리를 숙이며 왜 떠드는 것일까.
나는 나의 말로를 바라본다.

2　'부스러기'의 비표준어.

그리하여 나는 혼자서 운다.

이 넓고 개체 많은 토지에서
나만이 지각이다.
언제 죽을지도 모르는 나는
생에 한없는 애착을 갖는다.

A Black River

We tried to find out the last journey
As the name of God.

One day at the train station
Listening to the chant of an army,
We, sitting in the train coming
To the opposite side of the people
Who were going to die,
Looked askance at a devastated novel like lust.

The places intersecting like wind
Reflect all sorts of impure desire,
And the son of a farmer without expression
Leaves to the border of life and death
Filled with explosion and powder smoke.

The moon is drearier than the veil of calm and stillness.
The castle of freedom far away,
Made of human blood,
Was catching our eyes.

It wasn't related to the people retreating like us.

As the name of God
We looked at the hopeless black river
Flowing in the moon.

검은 강

신이란 이름으로서
우리는 최종의 노정을 찾아보았다.

어느 날 역전에서 들려오는
군대의 합창을 귀에 받으며
우리는 죽으러 가는 자와는
반대 방향의 열차에 앉아
정욕처럼 피폐한 소설에 눈을 흘겼다.

지금 바람처럼 교차하는 지대
거기엔 일체의 불순한 욕망이 반사되고
농부의 아들은 표정도 없이
폭음과 초연(硝煙)이 가득 찬
생과 사의 경지에 떠난다.

달은 정막보다도 더욱 처량하다.
멀리 우리의 시선을 집중한
인간의 피로 이룬
자유의 성채(城砦)
그것은 우리와 같이 퇴각하는 자와는 관련이 없었다.

신이란 이름으로서

우리는 저 달 속에

암담한 검은 강이 흐르는 것을 보았다.

Coming to My Homeland

A land of full with the endless thick reeds
Is now my homeland.

Mountains and rivers are the paintings of someday;
On a bloody telegraph pole
The national flag of Korea or a fatigue hat hangs on.

There's no more schools, gun-offices, and my house
In the world,
Beause of the numberless bombs exploding.

On the solitary land of God void of humanity
I stood like a statue;
The shivery winds brushed past my ears,
And the shadows were dread like ghosts.

Peaceful were we when we were children;
My friends, playing on the ground
And living in the future,
Are not there now;

A streak of smoke is not to be seen.

Into the twilight,
Into the sentiment
My car runs;
The weeping sound of the reeds in my heart
Echoes like a pathetic chorus.

Bright moon light,
The milky way and a rabbit,
They're all of my homeland,
Which I sang in my childhood.

An oblique cross in the rain
And an American military engineer
Beckons at me.

고향에 가서

갈대만이 한없이 무성한 토지가
지금은 내 고향.

산과 강물은 어느 날의 회화
피 묻은 전신주 위에
태극기 또는 작업모가 걸렸다.

학교도 군청도 내 집도
무수한 포탄의 작렬과 함께
세상엔 없다.

인간이 사라진 고독한 신의 토지
거기 나는 동상처럼 서 있었다.
내 귓전엔 싸늘한 바람이 설레이고
그림자는 망령과도 같이 무섭다.

어려서 그땐 확실히 평화로웠다.
운동장을 뛰다니며
미래와 살던 나와 내 동무들은
지금은 없고

연기 한 줄기 나지 않는다.

황혼 속으로
감상 속으로
차는 달린다.
가슴속에 흐느끼는 갈대의 소리
그것은 비창(悲愴)한 합창과도 같다.

밝은 달빛
은하수와 토끼
고향은 어려서 노래 부르던
그것뿐이다.

비 내리는 사경(斜傾)의 십자가와
아메리카 공병(工兵)이
나에게 손짓을 해준다.

A Flare

Jan. 1951, Lieutenant K, Captain of Hunting Soldiers, died with 30 enemy soldiers after shooting a flare.

A flare is exploding
When crisis and glory are announced.
Childhood living with the wind,
The happy times which were gone turn to be purified
From a heavy complication
To a more simpleness.

As a son of the old colony
He walked on the black mass of the earth
Under the sunless eaves
Escaping from the bodies.

Dark night,
With what did you express
The last farewell song.
A true liberation,
Freed from the sad human exile,
With what did he signaled.

'Shoot the enemies,
Kill the aggressors, communist soldiers,

Till my body explodes riddled with bullets
And turns into a mass of red blood;
Mother, who sang a lullaby to me,
Oh, mother, strafe your gun
Around me. The enemies encircled me.'

Drawing out a glaring tangent between life and death,
After a flare, which made a hole in the sky,
Came to be silent,
The rain fell down without end.
From simpleness to more dead bodies,
He lives under the shadows of me and freedom.

신호탄

수색대장 K중위는 신호탄을 올리며 적병
30명과 함께 죽었다. 1951년 1월

위기와 영광을 고(告)할 때
신호탄은 터진다.
바람과 함께 살던 유년도
떠나간 행복의 시간도
무거운 복잡에서
더욱 단순으로 순화하여버린다.

옛날 식민지의 아들로
검은 땅덩어리를 밟고
그는 주검을 피해
태양 없는 처마 끝을 걸었다.

어두운 밤이여
마지막 작별의 노래를
그 무엇으로 표현하였는가.
슬픈 인간의 유형을 벗어나
참다운 해방을
그는 무엇으로 신호하였는가.

'적을 쏘라
침략자 공산군을 사격해라.

내 몸뚱어리가 벌집처럼 터지고
뻘건 피로 화(化)할 때까지
자장가를 불러주신 어머니
어머니 나를 중심으로 한 주변에
기총을 소사하시오. 적은 나를 둘러쌌소'

생과 사의 눈부신 외접선(外接線)을 그으며
하늘에 구멍을 뚫은 신호탄
그가 침묵한 후
구멍으로 끊임없이 비가 내렸다.
단순에서 더욱 주검으로
그는 나와 자유의 그늘에서 산다.

A Ball

I went to a ball
Between the smoke and women.

I danced all night long like crazy,
Embracing a corpse.

The emperor was with a unrest chandelier,
And everything was going round.

When I opened my eyes, canal flowed.
Blood thicker than liquor flowed.

The war has nothing to do with me this time.
My crazy consciousness and barren body···and
My ball charged fully with one—sided conversation.

I was sinking into the night more and more,
With tightly embracing a woman of plaster.

At dawn on the way to come back, I received a notice
Informing the death of my precious friend in the war.

무도회[3]

연기와 여자들 틈에 끼어
나는 무도회에 나갔다.

밤이 새도록 나는 광란의 춤을 추었다.
어떤 시체를 안고.

황제는 불안한 샹들리에와 함께 있었고
모든 물체는 회전하였다.

눈을 뜨니 운하는 흘렀다.
술보다 더욱 진한 피가 흘렀다.

이 시간 전쟁은 나와 관련이 없다.
광란된 의식과 불모의 육체…… 그리고
일방적인 대화로 충만된 나의 무도회.

나는 더욱 밤 속에 가랁아간다.
석고(石膏)의 여자를 힘 있게 껴안고

---

3   원본에는 '무답회(舞踏會)'로 표기됨. 일본식 표현이므로 '무도회(舞蹈會)'로 고침.

새벽에 돌아가는 길 나는 내 친우가
전사한 통지를 받았다.

At the Western Front

to the Father Yun, Eul-Soo

In this small town
From where the fight moved to another place,
Smoke is rising up.
The bell is heard.
Is the hopeful tomorrow coming.
Is the miserable tomorrow coming.
No one can say with certainty.

In the house with smoke, however,
Family members having scattered came together;
Many priests coming back to their parish
Walking through the rainy red clay road.

'Oh, God, promise us our future;
Give us happiness who are tangled with regret and anxiety'
This is all the people want.

The army marched farther and farther to the north.
Laughter is heard in the dugouts.
Doves are shining in
The bright spring sun.

서부전선에서
윤을수(尹乙洙) 신부(神父)에게

싸움이 다른 곳으로 이동한
이 작은 도시에
연기가 오른다.
종소리가 들린다.
희망의 내일이 오는가.
비참한 내일이 오는가.
아무도 확언하는 사람은 없었다.

그러나 연기 나는 집에는
흩어진 가족이 모여들었고
비 내린 황톳길을 걸어
여러 성직자는 옛날 교구(敎區)로 돌아왔다.

'신이여 우리의 미래를 약속하시오
회한과 불안에 얽매인 우리에게 행복을 주시오'
주민은 오직 이것만을 원한다.

군대는 북으로 북으로 갔다.
토막(土幕)에서도 웃음이 들린다.
비둘기들이 화창한
봄의 햇볕을 쪼인다.

When I Talk in a Sweet Voice

Standing in the middle of life
That always flows like a spring,
When I talk in a sweet voice
With a war, capital, or the things bothering me,
A streak of shower wets my face.

The sky and season I really desired
Touch my blue and clean heart with tears,
And the rebellion once having been traded for youth,
has burnt like books.

Among the various things and ordinariness coming and going,
I, who am regretting of liquor and dizziness,
Am endlessly dying
Terrified like one past summer.

All my lost love and lust,
Losing form and consciousness,
On the dreary field
Or at the end of the eave of a broken alleyway,
Even if I talk in a sweet voice,

Can we live again.

Standing in the center of life,
Calm like stillness,
Even if many men and women, soldiers or students
With an indiscreet decayed poet
Talk in a sweet voice
Of anxiety and desolation,
The long and vast way of our journey to the end
Will not change from the past.

Oh, in the difficult world
And in the complex life
For these lines of an easy poem
And my bitter and dried remembrance,
Forgetting the war and furious affection
When I talk in a sweet voice
Upon the wide or narrow podium of humanity,
Do we blame of our meeting
Or desire our breaking up each other?

부드러운 목소리로 이야기할 때

나는 언제나 샘물처럼 흐르는
그러한 인생의 복판에 서서
전쟁이나 금전이나 나를 괴롭히는 물상(物象)과
부드러운 목소리로 이야기할 때
한줄기 소낙비는 나의 얼굴을 적신다.

진정코 내가 바라던 하늘과 그 계절은
푸르고 맑은 내 가슴을 눈물로 스치고
한때 청춘과 바꾼 반항도
이젠 서적처럼 불타버렸다.

가고 오는 그러한 제상(諸相)과 평범 속에서
술과 어지러움을 한(恨)하는 나는
어느 해 여름처럼 공포에 시달려
지금은 하염없이 죽는다.

사라진 일체의 나의 애욕아
지금 형태도 없이 정신을 잃고
이 쓸쓸한 들판
아니 이지러진 길목 처마 끝에서
부드러운 목소리로 이야기한들

우리들 또다시 살아나갈 것인가.

정막처럼 잔잔한
그러한 인생의 복판에 서서
여러 남녀와 군인과 또는 학생과
이처럼 쇠퇴한 철없는 시인이
불안이다 또는 황폐롭다
부드러운 목소리로 이야기한들
광막한 나와 그대들의 기나긴 종말의 노정은
예나 지금이나 변함없노라.

오 난해한 세계
복잡한 생활 속에서
이처럼 알기 쉬운 몇 줄의 시와
말라버린 나의 쓰디쓴 기억을 위하여
전쟁이나 사나운 애정을 잊고
넓고도 간혹 좁은 인간의 단상에 서서
내가 부드러운 목소리로 이야기할 때
우리는 서로 만난 것을 탓할 것인가
우리는 서로 헤어질 것을 원할 것인가.

For a New Resolution

People of my country and my town
Fought on the dry mountains
To destroy the enemy
Without any regret and hesitation
Leaving their brides and homes behind, and
Their fate raged and roared.
Though they always had their blessed times
The first blood flew from the heart like roses.
The long silence and reflection
For a new history, but
I don't want to believe in
The dead and the victory without wings.

Though time will have passed,
Who will remember them.
On the street and in the towns of brave soldiers
Where only freedom remains,
Brides will be old and the children without there fathers
We will grow in the winds
Like grass.

It's an acute story of yesterday not of the long time ago;
The invaders are still alive,
People having come to fight against them don't come back,
And the age of heavy fear dominates us.
Ah now is the time not different from submission,
Worth of fight which lost significance,
My fury and the sadness of the remaining human beings
Pierce the sky.

On the streets of ruins and hunger
Rain falls down as if mocking at the past war,
And we are weeping.
Why?
We didn't obtain what we wanted.
The enemies are still alive.

새로운 결의를 위하여

나의 나라 나의 마을 사람들은
아무 회한도 거리낌도 없이 거저
적의 침략을 쳐부수기 위하여
신부(新婦)와 그의 집을 뒤에 남기고
건조한 산악에서 싸웠다 그래서
그들의 운명은 노호(怒號)했다
그들에겐 언제나 축복된 시간이 있었으나
최초의 피는 장미와 같이 가슴에서 흘렀다.
새로운 역사를 찾기 위한
오랜 침묵과 명상 그러나
죽은 자와 날개 없는 승리
이런 것을 나는 믿고 싶지가 않다.

더욱 세월이 흘렀다고 하자
누가 그들을 기억할 것이냐.
단지 자유라는 것만이 남아 있는 거리와
용사(勇士)의 마을에서는
신부는 늙고 아비 없는 어린것들은
풀과 같이
바람 속에서 자란다.

옛날이 아니라 그저 절실한 어제의 이야기
침략자는 아직도 살아 있고
싸우러 나간 사람은 돌아오지 않고
무거운 공포의 시대는 우리를 지배한다.
아 복종과 다름이 없는 지금의 시간
의의를 잃은 싸움의 보람
나의 분노와 남아 있는 인간의 설움은
하늘을 찌른다.

폐허와 배고픈 거리에는
지나간 싸움을 비웃듯이 비가 내리고
우리들은 울고 있다
어찌하여?
소기(所期)의 것은 아무것도 얻지 못했다.
원수들은 아직도 살아 있지 않은가.

Lyricism or Weeds
서정 또는 잡초

Plants

The sun greets all the plants.

The plants are happy for 24 hours.

A woman sat on a plan,
Who thought of a treacherous illusion.

The wind of fragrant plants blows on the city.

Everyone, opening the windows, greets the sun.

Plants couldn't fall asleep for 24 hours.

식물

태양은 모든 식물에게 인사한다.

식물은 24시간 행복하였다.

식물 위에 여자가 앉았고
여자는 반역한 환영을 생각했다.

향기로운 식물의 바람이 도시에 분다.

모두들 창을 열고 태양에게 인사한다.

식물은 24시간 잠들지 못했다.

A Lyric Song

A young man, bathing like swooned;

The sea of 'Joseph Vernet' in my dream;

I can hear the crying of a semi−mollusk animal;

The ladies gathered at sanatorium;

My dear lady is stepping down the stairs;

A story more tragic than the anthology of Nizami;

Napkin bows down lightly,

And the fallen−leaves of midsummer

Cover up my heart.

서정가(抒情歌)

실신(失神)한 듯이 목욕하는 청년

꿈에 본 '조세프 베르네'[1]의 바다

반(半)연체동물의 울음이 들린다

새너토리엄[2]에 모여든 숙녀들

사랑하는 여자는 층계에서 내려온다

'니자미'[3]의 시집보다도 비장한 이야기

냅킨이 가벼운 인사를 하고

성하(盛夏)의 낙엽은 내 가슴을 덮는다.

---

1 Claude Joseph Vernet(1714~1789) : 프랑스 낭만주의 화가. 항구의 풍경을 주로 그림.

2 Sanatorium : 요양소. 휴양지.

3 Nizami Ganjawi(1141~1209) : 중세 페르시아의 시인. 낭만적 서사시를 주로 씀.

The Night of a Colonized Port

On the night of a feast
I told an Asian legend to the wife of consul.

As cars and rickshas stopped,
I walked on the holy earth.

A flower girl the bank manager accompanied,
She knew early the price of flowers are more expensive
Than that of her own.

A citizen coming after having listened to the performance of the Ma-
rine Corps
Sang the colony's elegy out of his animosity.

Treading the moonlight in the delta
And blood of the broad day, a cold sea wind sweeps around my face.

식민항(植民港)의 밤

향연의 밤
영사(領事) 부인에게 아시아의 전설을 말했다.

자동차도 인력거도 정차되었으므로
신성한 땅 위를 나는 걸었다.

은행 지배인이 동반한 꽃 파는 소녀
그는 일찍이 자기의 몸값보다
꽃 값이 비쌌다는 것을 안다.

육전대(陸戰隊)[4]의 연주회를 듣고 오던 주민은
적개심으로 식민지의 애가(哀歌)를 불렀다.

삼각주의 달빛
백주(白晝)의 유혈을 밟으며 찬 해풍이 나의 얼굴을
적신다.

---

4 '해병대'의 이전 이름.

The Temperature of Roses

On the night when the white clouds are floating like a naked body,
The life of fruits
Outside the laboratory windows
Is bored like money.
The night is getting deeper
And my torn desire and lust
Runs through the pavement where the trees dissipating.

Both the sound of horns and a birds−eye view of storm
Are wandering the armed streets
Looking for the petals of flowers.

On the morning when the sun, cherishing his memories,
Is going by the steeps of shore,
The temperature of roses,
In the primeval forests
Closing up the great ordinariness of cooking.

장미의 온도

나신(裸身)과 같은 흰 구름이 흐르는 밤
실험실 창밖
과실의 생명은
화폐 모양 권태하고 있다.
밤은 깊어가고
나의 찢어진 애욕은
수목(樹木)이 방탕하는 포도(舗道)에 질주한다.

나팔 소리도 폭풍의 부감(俯瞰)⁵도
화판(花瓣)⁶의 모습을 찾으며
무장(武裝)한 거리를 헤맸다.

태양이 추억을 품고
암벽을 지나던 아침
요리와 위대한 평범을
Close-up한 원시림의
장미의 온도

---

5 부감(俯瞰) : 높은 곳에서 내려다봄.
6 원본에는 '화변(花辨)'으로 표기됨. '화판(花瓣)'의 오기인 듯. '화판'의 의미는 꽃잎.

Times Flowing over My Life

Times flowing over my life,
A wisp year of Angelus;

Getting dark, I was weeping on the corner
With my love;

A voice heard from the woods,
The face of which was a dead poet;

Under the old hill
The tired season and a broken musical instrument;

Getting together, they talk about the past days;
Just he or she is sad.

Oh you, who came into the fog,
Turning against poverty and losing songs;

I am longing for the brilliant trees
In the bright nights like this;

The wind comes to open the doors;
The cold snow falling down on my heart;

I, who faintly resisted,
Can't leave cause it's winter.

The street lamp staying up all through the night,
What is it waiting for;

I am standing, too
Just eating lots of fruits.

나의 생애에 흐르는 시간들

나의 생애에 흐르는 시간들
가느다란 1년의 안젤루스[7]

어두워지면 길목에서 울었다
사랑하는 사람과

숲속에서 들리는 목소리
그의 얼굴은 죽은 시인이었다

늙은 언덕 밑
피로한 계절과 부서진 악기

모이면 지난날을 이야기한다
누구나 저만이 슬프다고

가난을 등지고 노래도 잃은
안개 속으로 들어간 사람아

---

7 Angelus : 가톨릭에서 아침 · 정오 · 저녁에 드리는 삼종 기도.

이렇게 밝은 밤이면
빛나는 수목(樹木)이 그립다

바람이 찾아와 문은 열리고
찬 눈은 가슴에 떨어진다

힘없이 반항하던 나는
겨울이라 떠나지 못하겠다

밤새우는 가로등
무엇을 기다리나

나도 서 있다
무한한 과실(果實)만 먹고

A Sad Chanson

Last winter when a continental citizen was
Promenading under the windows of the Bank of Industry,
A woman, fleeing from the war,
Was running towards the past without the sound of bullets
Trying to conceive.

The muse of storm falls asleep silently
In the blackout,
At this night, the continent fell down upon the marble
Like a fruit.

Oh, the crashed sense of my superiority;
Each of the citizens is a Demosthenes,
And the director of politics is wandering about
To seek after Arlequin.

The horse trainer of the mayor
In the evening nearing night,
Sympathized with a blues song by a rooster,
Guided the parallel type of city plans
To the wretched hamlet in which cosmoses are blooming.

A manikin come to be mythic in the dress shop;

The whistle is the Express for Mukden;

Marronnier is frozen in the sky

And the shadow of a woman, disappearing like a mystery,

Leaves an odor of jasmine.

불행한 상송

산업은행 유리창 밑으로
대륙의 시민이 푸롬나드[8]하던 지난해 겨울
전쟁을 피해 온 여인은
총소리가 들리지 않는 과거로
수태(受胎)하며 뛰어다녔다.

폭풍의 뮤즈는 등화관제 속에
고요히 잠들고
이 밤 대륙은 한 개 과실처럼
대리석 위에 떨어졌다.

짓밟힌 나의 우월감이여
시민들은 한 사람 한 사람이 '데모스테네스'[9]
정치의 연출가는 도망한
아를캥[10]을 찾으러 돌아다닌다.

시장(市長)의 조마사(調馬師)는

---

8 promenade : 산책이나 행진.
9 Demosthenes : 고대 그리스의 웅변가, 정치가.
10 Arlequin : 규범 표기는 '아를르캥'. 중세 이탈리아의 희극에 등장하는 광대. 가면을 쓰고
   교활하고 익살스러운 연기를 함.

밤에 가장 가까운 저녁때
웅계(雄鷄)가 노래하는 블루스에 화합되어
평행면체의 도시계획을
코스모스가 피는 한촌(寒村)으로 안내하였다.

의상점에 신화(神化)한 마네킹
저 기적(汽笛)은 Express for Mukden[11]
마로니에는 창공에 동결되고
기적처럼 사라지는 여인의 그림자는
재스민의 향기를 남겨주었다.

---

11 묵덴행 급행. '묵덴'은 중국 동북지방의 최대 도시인 선양(瀋陽)의 만주어 명칭 영문 표기.

A Parabola of Love

The wings of yesterday went into oblivion.
The sunlight rapping on the window with sweet sound;
Oh, the man coming from the night with naked feet
Through the wind and fear.

I kept the time of fog with my trembling hands.
I threw out a lamplight,
Crashing the door of my heart I can't open.

I am happy now like the dawn.
The blood around me flows as the truth of humans being alive,
And my shadow drifting like a canal of emotion
Passes by.

My love,
You started off a long journey at the right weather. So,
You don't fear the storm and misery, either.

A short day, but
The parabola of love between you and me
Towards the end of the earth without power

And the extension of today's position like a form of song

Towards a free tomorrow…

사랑의 파라볼라(Parabola)[12]

어제의 날개는 망각 속으로 갔다.
부드러운 소리로 창을 두들기는 햇빛
바람과 공포를 넘고
밤에서 맨발로 오는 오늘의 사람아

떨리는 손으로 안개 낀 시간을 나는 지켰다.
희미한 등불을 던지고
열지 못할 가슴의 문을 부쉈다.

새벽처럼 지금 행복하다.
주위의 혈액은 살아 있는 인간의 진실로 흐르고
감정의 운하로 표류하던
나의 그림자는 지나간다.

내 사랑아
너는 찬 기후에서 긴 행로를 시작했다. 그러므로
폭풍우도 서슴지 않고 참혹마저 무섭지 않다.

짧은 하루 허나

---

12 포물선.

너와 나의 사랑의 포물선은
권력 없는 지구 끝으로
오늘의 위치의 연장선이
노래의 형식처럼 내일로
자유로운 내일로……

Clouds

On the sky where the little thoughts scatter
Mother clouds and the little clouds
Get out of the rough wind.

The night rains,
Jump down the stairs of the clouds
And notice us the spring;
When everything got its life back again
The moonlight, through the clouds,
Invokes the happiness
Of the earth.

When I opened the door at dawn,
The clouds, having embraced me with warmer
Breath than the fog,
As time goes by
You are back again in the sky;
Our typical thing
Being looked on everywhere.
Gathering together, holding each other's hand,
Getting to be in one vast hand,

And floating with the agony of living, the clouds.

In freedom, however,

How good it is

To roam about

By the beautiful sunset!

구름

어린 생각이 부서진 하늘에
어머니 구름 작은 구름들이
사나운 바람을 벗어난다.

밤비는
구름의 층계를 뛰어내려
우리에게 봄을 알려주고
모든 것이 생명을 찾았을 때
달빛은 구름 사이로
지상의 행복을 빌어주었다.

새벽 문을 여니
안개보다 따스한 호흡으로
나를 안아주던 구름이여
시간은 흘러가
네 모습은 또다시 하늘에
어느 곳에서도 바라볼 수 있는
우리의 전형
서로 손잡고 모이면
크게 한 몸이 되어
산다는 괴로움으로 흘러가는 구름

그러나 자유 속에서
아름다운 석양 옆에서
헤매는 것이
얼마나 좋으니

Rural Areas

I

It's a night of standing up alone.
I run back on the paths of the ancient poets
In my dream.
I can't live in the lonely place,
And in winter I'm worried about the snow
Piling up.
As time passes by
So gathers together the wind;
A room gets to be narrower without
A sleeping place.
At the sound of
Falling leaves outside
My body
Gets to be heavier and heavier.

II

I keep
The smell of climate

At the ridge.
The twilight of the old rural country
Which is far bitter
Than my heart;
When does it begin,
When does it end,
My sorrow.
In the waning
Late summer
I don't hate to see.
On an electric line
Swallows,
Like the wind,
Say goodbye to me.

Ⅲ

In the loneliness visiting me,
I am loving the sound of the wind
Heard at closely,
When I saw the stars
As if they were breaking the windows;
In July
On the rural areas getting dark
A poet is dead

And painful times
Have left somewhere.
When it rains
The friend's voice, who has gone,
Is heard chillier
Than the sound of river
To my ears
And the breath of summer
Is passing by my eyes
Endlessly.

IV

My lame mother
Called me out
Beside the old tree
Fallen by a piercing wind.
Presently
I wept
Like a goat
Embracing my broken memories.
Sitting at the hill
On which the cart trundled
I look at
The old people

Trodding from the horizon.

A smoke

Which is from burning thoughts

Covers the village.

전원(田園)

I

홀로 새우는 밤이었다.
지난 시인의 걸어온 길을
나의 꿈길에서 부딪혀본다.
적막한 곳엔 살 수 없고
겨울이면 눈이 쌓일 것이
걱정이다.
시간이 갈수록
바람은 모여들고
한 칸 방은 잘 자리도 없이
좁아진다.
밖에는 우수수
낙엽 소리에
나의 몸은
점점 무거워진다.

II

풍토의 냄새를
산마루에서

지킨다.
내 가슴보다도
더욱 쓰라린
늙은 농촌의 황혼
언제부터 시작되고
언제 그치는
나의 슬픔인가.
지금 쳐다보기도 싫은
기울어져가는
만하(晩夏)
전선 위에서
제비들은
바람처럼
나에게 작별한다.

Ⅲ

찾아든 고독 속에서
가까이 들리는
바람 소리를 사랑하다.
창을 부수는 듯
별들이 보였다.
7월의
저무는 전원
시인이 죽고

괴로운 세월은
어데론지[13] 떠났다.
비 내리면
떠난 친구의 목소리가
강물보다도
내 귀에
서늘하게 들리고
여름의 호흡이
쉴 새 없이
눈앞으로 지난다.

IV

절름발이 내 어머니는
삭풍에 쓰러진
고목 옆에서 나를
불렀다.
얼마 지나
부서진 추억을 안고
염소처럼 나는
울었다.
마차가 넘어간

---

13 '어디론지'의 방언

언덕에 앉아
지평에서 걸어오는
옛사람들의
모습을 본다.
생각이 타오르는
연기는
마을을 덮는다.

Park Inhwan's Life and Poetry

Maeng Munjae

1.

Park Inhwan published his first poem collection, *The Collected Poems* (Sanhojang), on Oct. 15 in 1955, in which 56 poems, divided 4 parts, were included. The title of the collection was after Stephen Spender's *The Collected Poems*(1974), but at first he thought of *The Age of Dark Trenchancy*. English poet, Stephen Spender, born in 1909 and died in 1995, was a poet and critic who had the greatest influence on Park Inhwan. He emphasized the social usefulness of poetry, asserting that the age was gone when writing poems was just a purely individual problem. Cutting off from his seniors, like Thomas Stearns Eliot and Ezra Loomis Pound, he began to write social participation poems within the unrest era.

The ideas he tried to seek in *The Collected Poems* was expressed in the prologue –"The times when I was born and grew up was more confused than any other ones and caused mental distress to people. To write poems was the last supportable thing to live in this society. I fought the society, though I know I was neither a leader nor a politician."

Park Inhwan wrote his poems with all his heart without being collapsed by the extreme shock caused by the Korean War. He faced up to the violence of the war not as a leader or a politician but as a poet in the society.

It is worth paying attention that he put the poems written after the journey to America in *The Collected Poems*. From Mar. 5 till April, 10 in 1955, he travelled America for about a month, and 11 poems written in this period was put in the books of poetry. To him, the travel to America was, as seen in this lines, "In spite of myself, to a far country/I went on a trip/with no money in my hands"("Travel"), somewhat accidental, but for him it was a very precious chance to experience American Civilization by himself.

Park Inhwan was a leader of modernism poetry movement in Korea after the period of liberation, which means that he sought for a new point of view after he had witnessed the political chaos and the collapse of existing values owing to the Korean War. As we can see in this lines, "Having a drink/We talk of the life of Virginia Woolf/And the hem of a lady's dress who has gone riding on a wooden horse."("A Wooden Horse and a Lady"), he wrote poems to express the feelings of emptiness and loss with a sense of new generation. His sense which sang a song about Virginia Woolf and a wooden horse was different from that of traditional lyrics. In this poem, the act of "having a drink" was not a sentimental expression but a will to overcome the devastation after the Korean War.

2.

When the Chosun Dynasty was liberated from Japanese colonial rule on Sept. 15 in 1945, he dropped Pyongyang Academy of Medicine, came to Seoul and opened a bookstore 'Maryseosa,' which means a story of Mary, at 2 Jongno 3-ga in the entrance of Nakwon-dong. With the help of Park Ilyoung, an surrealist artist, the bookstore had an atmosphere of modern fashion, which made lots of literary people gather together there. With the young poets he met in this bookstore, he started the modernist poetry movement, which resulted in publishing a magazine, *A New Theory of Poetry*, with Kim Kyungrin, Kim Kyunghee, Kim Byunguk and Lim Hokwon, who were the members of the literary group, *A New Theory of Poetry*.

In 1949, with Kim Kyungrin, Kim Suyoung, Lim Hokwon and Yang Byungsik, he published *A Choir of a New City and Citizen*, a kind of the 2nd literary coterie of *A New Theory of Poetry*. He presented poems in the literary coterie "Incheon Port," "South Wind," "Basement," "A Poem to Indonesian People," which both represented and tried to overcome the political situations in the liberation period when the expansion of colonialism was severe. He also pursued solidarity with the nations, like Indonesia, Vietnam, Malaysia, Cambodia, Hongkong. For example, to the Indonesian people, who had been under the control of Portugal, the

Netherlands and Japan for about 300 years, he appealed "Rebelling Indo-nesian people/Fight to the last man" ("A Poem for Indonesian People"). Based upon civic spirit, he resisted imperialism and sought a true nation-al liberation and construction of a nation state, but all his hope was not fulfilled because of the outbreak of the Korean War

3.

Park Inhwan presented 10 poems during the war(June, 1950~July, 1953). "On the way back at dawn, I received/My friend's death notice"("A Ball"), "Pierced by bullets/Thy sweet breast,"("A Future prostitute"), "Shoot the invader, Communists"–these lines vividly show both the war situa-tions and his despair and anger. He also reported as a journalist of the Kyunghyangshinmun, and worked as a member of the war writers.

After the armistice of the Korean War, he showed lively active creation, of which result is publishing *The Collected Poems* in 1955. This book is important not just because it is the only book of poetry left by Park In-hwan, but because it intensively shows his view of poetry.

My fortune and friends were gone because of the war.
The books for intelligence of human turned into the ashes
So did the glory of past.
The friends so genial broke off
And didn't answer when their names were called.

I can't sleep today owing to the roar of the airplanes.

          — from "A Sleepless Night"

Expressed in the lines above, Park Inhwan lost his friend during the Korean War, as well as lots of lost relatives and neighbours. They couldn't answer any more. He also lost a lot of fortunes including many books and his old glory, which caused him to feel a sense of loss and futility leading to sleepless nights. In 1955, beginning on Mar. 5, for about a month he travelled America, but his sad and vacant mind was the same.

The rain is falling down.
On my cap there's an oppression without weight.
Walking, therefore, along a back street
I said sentimentally to myself
I want to go back to Seoul in a hurry.

          — from "A Poem Not-To-Be Poem on A Day"

In the poem above, Park Inhwan said, "On my cap there's an oppression without weight", which shows that he wasn't able to forget his devastated country. Therefore, he "want to go back to Seoul in a hurry." He couldn't look away and wanted to share people's troubles and agony.

4.

After Park Inhwan passed away, 10 posthumous poems were presented including "If Time Goes by," which came to be a popular lyric as being composed into a popular song.

When it came to be 20th anniversary of his death(1976), his first son, Park Sehyung, published *A Wooden Horse and A Lady*(Keunyeokseojae), including some poems which had not been presented in *The Collected Poems*. On 20th anniversary of his death(1982), his colleague poets, Kim Kyudong, Kim Kyunglin, Jang Manyoung and etc. published a collection of commemorative poems *If Time Goes By*(Keunyeokseojae). Though poor, he cherished trust, valued books, kept his own dignity, and distinguished between good and bad, with which most of all his colleagues agree. In the collection of commemorative poems, there are 13 letters he sent to his wife, Lee Jungsuk, and his friend Lee Bonggu, novelist, which shows how sweet and kind his character is.

Park Inhwan was born on Sept. 15 in 1926 in Injae, Kangwon-do, and passed away on Mar. 20 in 1956, when he was just 31 years old. Total 89 of his poems were discovered so far, including 1 poem of translation. Park Inhwan led the modernist poetry movement during the liberation period and the Korean War without being defeated or collapsed by the chaotic, confused and horrible situations. With firm historical sense, Park Inhwan led a new trend of Korean poetry from 1945 through 1950s.

박인환의 삶과 시 세계

맹문재

1.

  박인환 시인은 1955년 10월 15일 첫 시집 『선시집』(산호장)을 간행했다. 전체 4부로 구성해 총 56편의 시작품을 시집에 수록했다. 시집 제목을 『검은 준열의 시대』로 정하려다가 스펜더(Stephen Spender)의 시집 제목인 『선시집』을 따라 바꾸었다. 1909년 영국에서 태어나 1995년까지 활동한 스펜더는 박인환의 시 세계에 가장 영향을 끼친 시인이자 비평가였다. 스펜더는 시를 쓴다는 것이 순수한 개인의 문제였던 시대는 지났다고 단언하고 시의 사회적 효용성을 주장했다. 그의 선배인 엘리엇(Thomas Stearns Eliot)이나 파운드(Ezra Loomis Pound)의 시 세계와 단절하고 불안한 시대를 배경으로 사회 참여의 시를 쓴 것이다.

  박인환이 『선시집』에서 추구한 시 세계는 "내가 이 세상에 태어나고 성장해온 그 어떠한 시대보다 혼란하였으며 정신적으로 고통을 준 것이었다. 시를 쓴다는 것은 내가 사회를 살아가는 데 있어서 가장 지지할 수 있는 마지막 것이었다. 나는 지도자도 아니며 정치가도 아닌 것을 잘 알면서 사회와 싸웠다."라고 밝힌 시집 후기에 잘 나타나 있다. 박인환은 한국전쟁으로 인한 엄청난 충격과 고통에 함몰되지 않고 최선을 다해 시를 썼다. 사회의 지도자나 정치가는 아니었지만, 시인으로서 전쟁의 폭력에 맞선 것이다.

박인환이 미국 여행을 하고 돌아와 쓴 시를 『선시집』에 수록한 면도 주목된다. 박인환은 1955년 3월 5일부터 4월 10일까지 한 달 남짓 미국 여행을 했는데, 총 11편의 시를 시집에 수록했다. 그에게 미국 여행은 "나는 나도 모르는 사이에 먼 나라로/여행의 길을 떠났다/수중엔 돈도 없이"(「여행」)라고 토로했듯이 다소 우연적인 것이었지만, 미국의 문명을 직접 체험할 수 있었다는 점에서 매우 소중한 기회였다.

박인환은 해방기 이후 한국 모더니즘 시 운동을 주도했다. 해방기의 정치적 혼란과 한국전쟁으로 인해 기존의 가치가 무너지는 것을 목도하면서 새로운 세계관을 추구한 것이다. "한 잔의 술을 마시고/우리는 버지니아 울프의 생애와/목마를 타고 떠난 숙녀의 옷자락을 이야기한다"(「목마와 숙녀」)라는 데서 볼 수 있듯이, 박인환은 신세대적인 감각으로 전쟁으로 인한 상실감과 허무함을 노래했다. 버지니아 울프의 생애와 목마를 타고 떠난 숙녀의 옷자락을 노래한 그의 감각은 전통 서정시와는 분명 다른 것이었다. 따라서 한 잔의 술을 마시는 행동은 감상적인 것이 아니라 한국전쟁으로 인해 황폐화된 상황을 극복하려는 의지로 볼 수 있다.

2.

1945년 8월 15일 조선이 일제의 식민 통치로부터 해방되자 박인환은 평양의학전문학교를 그만두고 상경한 뒤 종로3가 2번지에 '마리서사(茉

莉書舍)'라는 서점을 개업했다. 세련된 분위기와 희귀한 외국 도서를 갖추어 많은 고객이 찾았고 문인들이 교류하는 장소가 되었다. 박인환은 마리서사에서 만난 젊은 시인들과 모더니즘 시 운동을 전개해 나갔다. 김경린, 김경희, 김병욱, 임호권과 함께 '신시론' 동인을 결성한 뒤 동인지 『신시론』을 발간했다.

1949년에는 김경린, 김수영, 임호권, 양병식과 함께 '신시론' 동인지 제2집에 해당하는 합동시집 『새로운 도시와 시민들의 합창』을 간행했다. 박인환은 동인지에 「인천항」 「남풍」 「지하실」 「인도네시아 인민에게 주는 시」 등을 발표했다. 제국주의의 팽창이 심각한 해방기의 정국을 반영하면서 그 극복을 지향한 것이다. 인도네시아, 월남, 말레이시아, 캄보디아, 홍콩 등 오랫동안 식민 지배를 받은 국가들과의 연대도 추구했다. 300년 동안 포르투갈, 네덜란드, 일본으로부터 온갖 착취를 받아온 인도네시아 국민을 향해 "반항하는 인도네시아 인민이여/최후의 한 사람까지 싸워라"(「인도네시아 인민에게 주는 시」)라고 호소한 것이 그 한 예이다. 시민 정신을 토대로 제국주의에 대항하면서 진정한 민족 해방과 민족국가 건설을 추구한 것이다. 그렇지만 박인환의 그 모든 희망은 한국전쟁의 발발로 말미암아 사라졌다.

3.

박인환은 한국전쟁 기간(1950. 6~1953. 7)에도 10편의 시작품을 발표했다. "새벽에 돌아가는 길 나는 내 친우가/전사한 통지를 받았다"(「무도회」), "향기 짙은 젖가슴을/총알로 구멍 내고"(「미래의 창부」), "침략자 공산군을 사격해라"(「신호탄」) 등에서 보듯이 전쟁 상황을 여실하게 담았다. 생사를 넘나드는 참혹한 전쟁을 겪으면서 절망하고 분노한 것이다. 박인환은 『경향신문』 기자로서 전쟁 상황을 기사로 알리기도 했고, 육군종군작가단에도 가입해 활동했다.

박인환은 한국전쟁이 휴전된 뒤 왕성한 창작 활동을 펼쳤다. 1955년에 『선시집』을 간행한 것이 그 여실한 성과물이다. 이 시집은 박인환이 남긴 유일한 시집이기도 하지만, 시인의 작품 세계가 집약되어 있기에 매우 중요하다.

> 전쟁 때문에 나의 재산과 친우가 떠났다.
> 인간의 이지를 위한 서적 그것은 잿더미가 되고
> 지난날의 영광도 날아가 버렸다.
> 그렇게 다정했던 친우도 서로 갈라지고
> 간혹 이름을 불러도 울림조차 없다.
> 오늘도 비행기의 폭음이 귀에 잠겨
> 잠이 오지 않는다.
> ─「잠을 이루지 못하는 밤」 부분

위의 작품에서 보듯이 박인환은 한국전쟁으로 인해 친구를 잃어버렸다. 가족과 친척과 이웃들도 찾을 수 없다. 그들의 이름을 불러도 대답을 들을 수 없다. 자신의 재산이며 서적이며 지난날의 영광도 상실했다. 따라서 상실감과 허무함으로 잠을 제대로 이루지 못하고 있다. 박인환은 1955년 3월 5일부터 한 달 넘게 미국 여행을 하는 동안에도 이와 같은 심정이었다.

비가 내린다.

내 모자 위에 중량이 없는 억압이 있다.
그래서 뒷길을 걸으며
서울로 빨리 가고 싶다고
센티멘털한 소리를 한다.

　　　　　　　　　—「어느 날의 시가 되지 않는 시」부분

위의 작품에서 박인환은 "내 모자 위에 중량이 없는 억압이 있다"고 토
로하고 있다. 미국 여행 동안에도 전쟁으로 인해 황폐한 조국의 상황을
잊지 못하는 것이다. 그리하여 박인환은 "서울로 빨리 가고 싶"어 한다.
힘들게 살아가는 조국의 사람들을 외면하지 않고 함께하려는 것이다.

4.

박인환이 타계한 뒤 「세월이 가면」을 비롯해 10편의 유고 시가 발표되
었다. 「세월이 가면」은 대중가요의 노랫말로 널리 알려지기도 했다.
박인환의 타계 20주기(1976년)에는 맏아들 박세형이 『선시집』에 실리지
않은 시들을 추가해 『목마와 숙녀』(근역서재)를 발간했다. 또한 박인환의
타계 26주기에는 김경린, 김규동 등 그와 함께 활동했던 문인들이 추모
문집 『세월이 가면』(근역서재)을 간행했다. 가난했지만 신의를 소중히 여
겼고, 책을 아꼈고, 품위를 지켰고, 그리고 호오가 분명했던 박인환의 성
격을 문인들은 들려주었다. 추모 문집에는 박인환의 아내 이정숙과 소설
가 이봉구에게 보낸 13통의 편지도 수록되었다. 박인환의 다정다감했던
모습을 여실히 보여준다.
박인환은 1926년 8월 15일 강원도 인제에서 태어나 1956년 3월 20일
31세의 나이로 세상을 떠났다. 현재까지 그의 시작품은 총 89편이 발굴

되었다. 1편의 번역 시도 있다. 박인환은 해방기의 정치적인 혼란과 한국 전쟁의 참상에 좌절하지 않고 모더니즘 시 운동을 주도했다. 역사의식을 견지하고 1945년부터 시작해 1950년대의 한국 시단에 새로운 시의 흐름을 이끈 것이다.

August 15, 1926. Born at 159 Sangdongri, Injae—myeon, Injae—gun, Kwang-
won—do. His father is Park Kwangsun and his mother is Ham
Sukhyung. The first of 4 brothers and 2 sisters.

In 1933, when he was 8, he entered Injae Public Elementary School.

In 1936, when he was 11, his family moved to Seoul. He tansferred to Duksu
Public Elementary School, 4th grade.

Onn March 18, 1939, when he was 14, he graduated from Duksu Public El-
ementary School, entering Kyunggi Public Middle School. He
began to absorb himself in movie, literature and etc.

In 1940, when he was 15, he moved to 215 Wonseo—dong, Jongro—gu.

On March 16, 1941, when he was 16, he dropped Kyunggi Public Middle
School, and transferred to the evening class of Hansung Middle
School.

In 1942, when he was 17, he moved to Jaeryung, Whanghae—do and transferred
to Myungsin Middle School, which belongs to private mission
foundation.

In 1944, when he was 19, he graduated from Myungsin Middle School, and
entered Pyongyang Academy of Medicine, public academy of
three—year system. In Japanese colonial era, medical, science and
engineering, and agricultural and fishery majors were exempted

from conscription.

In 1945, when he was 20, with independence of the country, he dropped the academy and moved to Seoul, at that time called Hanyang, and opened a bookstore Maryseosa, which means a story of Mary, at 2 Jongno 3-ga in the entrance of Nakwon-dong. With the help of Park Ilyoung, an surrealist artist, the bookstore had an atmosphere of modern fashion, which made lots of literary people gather together there.

In 1947, when he was 22, on May 10, he was investigated at the Jungbu Police Station in relation to the case of poet Bae Incheol's death by a gun. (testimony by Mrs. Kim Hyunkyung, wife of Kim Suyoung)

In 1948, when he was 23, he closed the bookstore around the beginning of spring, and published a magazine, *New Theory of Poetry*, with Kim Kyungrin, Kim Kyunghee, Kim Byunguk and Lim Hokwon on April 20. He dwelled in his wife's house at 135 Sejong-ro, Jongro-gu (now back of the Kyobo Building). He got a job as a reporter of *The Newspaper of Freedom*. On December 8, his first son, Saehyoung was born.

On April 5, 1949, when he was 24, he published a literary coterie poetry collection, *A Chorus of A New City and People* with Kim Kyungrin, Kim Suyoung, Lim Hokwon and Yang Byungsik from the Dosimunwhasa publishing company. He formed a literary coterie group, *Whobangi*, meaning the second half of the century with Kim Kyungrin, Kim Kyudong, Kim Chayoung, Lee Bongrae, Jo Hyang and etc. On Dec. 17, he participated in Korean Writers' Association as a promotion committee member.

In 1950, when he was 25, about Jan. got a job in *The Kyunghwangshinmun*. The

Korean War began, and he lived underground until Sep. 28. On Sep. 25, his daughter, Sewha was born. On Dec. 8, he moved to Daegu with his family, and served as a war correspondent.

In May, 1951, he joined the group of the war writers. In Oct., when the headquarter of *The Kyunghwangshinmun* was moved to Pusan, he went with it.

On Feb. 21, 1952, he signed the 45 people's statement for the case of Kim Kwangju, writer, who were lynched. On May 15, when he was 27, he translated and published John Steinbeck's *A Russian Journal*. He resigned from *The Kyunghwangshinmun*, and got a job in Korea Shipping Corporation. On June, 28, he entered Free Arts Union of 66 members as director of social affairs.

In March 1953, when he was 28, he organized a night of memory of Lee Sang, poet, holding a poetry recital. About summer, the literary group, *Whobangi*, was broken up. On May 31, his second son, Segon, was born. Around the middle of July, he came back to Seoul, and on July 27, the Korean War Armistice Agreement was signed.

In January, 1954, when he was 29, he launched the Korean Film Critics Association with O Jongseok, Yoi Doyun, Lee Bongrae, Heo Backryun and Kim Kyudong.

In 1955, he was 30, and travelled to the U.S. America boarding on the Namhaeho of Korea Shipping Corporation. On March 5, it embarked from Busan, through Kobe Port on Mar. 6, and on Mar. 22, arrived at Olympia Port. He was back home on April 10.

On Oct. 1st, published "A Wooden Horse and A Lady" in *the Writing Poem* (5th.), along with a collection of poems, *The Collected Poems* (Sanhojang). However, because of the fire of the bindery, it was reprinted.

On January 27, 1956, he had a publishing celebration of *The Collected Poems*, and in February, was nominated as a final candidate Free Literature Award. In March, "If Time Goes By" was sung composed by Lee Jinseop. On March 17, he held 'A Night of Memory of Lee Sang. On March 20, at 9 P. M., he passed away of a heart attack in his house, and was buried in Mang–Woo Cemetery, where his friends set up a monument for his poetry on September 19.

On October 10, 1959, the 3rd, anniversary of his death, Willa Cather's novel, *A Lost Lady* was translated and published.

In 1976, on the 20th anniversary of his death, *A Wooden Horse and A Lady* (Keunyeokseojae) was published by his first son, Park Sehyung.

In 1982, on the 26th anniversary of his death, Kim Kyudong, Kim Kyunglin, Jang Manyoung and etc. published a collection of commemorative poems *If Time Goes By* (Keunyeokseojae)

In 1986, on the 30th anniversary of his death, *the Collected Works of Park Inhwan*(Munhakseogye) was published.

In 2000, on the 44th anniversary of his death, Park Inhwan Literature Award was enacted by the two groups, Naerin Literature Society and Poetry in Reality, poetry magazine, which were in action in Injae–gun and Injae–gun Office.

In 2006, on the 50th anniversary of his death, Mun Seongmuk wove and published *Love Goes Away and The Past Remains––the Collected Works of Park Inhwhan* (Yeook).

In 2008, on the 52nd anniversary of his death, Maeng Munjae wove and published the *Complete Collection of Park Inhwan's Works* (Shilcheonmunhaksa).

In 2012, on the 56th anniversary of his death, Park Inhwan Memorial Hall was built in Injae-gun, Kangwon-do.

In 2014, on the 58th anniversary of his death, Mrs. Lee Jungsuk passed away, on July 25.

In 2019, on the 63rd anniversary of his death, Maeng Munjae wove and published *the Complete Collection of Park Inhwan's Translation* (Purunsasangsa).

In 2020, on the 64th anniversary of his death, Park Inhwan Literature Award (Poetry, and Academic field) enacted by co-host of Injae-gun, Injae Cultural Foundation, Promotion Committee for Park Inhwan Memorial Project, and Kyunghyshinmun. Maeng Munjae wove and published *the Complete Collection of Park Inhwan's Poems*(Purunsasangsa).

In 2021, on the 65th anniversary of his death, Maeng Munjae wove and published *the Complete Collection of Park Inhwan's Film Criticism*(Purunsasangsa).

1926년(1세)　　8월 15일 강원도 인제군 인제면 상동리 159번지에서 아버지 박
　　　　　　　광선(朴光善)과 어머니 함숙형(咸淑亨) 사이에서 4남 2녀 중 맏
　　　　　　　이로 태어나다. 본관은 밀양(密陽).

1933년(8세)　　인제공립보통학교 입학하다.

1936년(11세)　　서울로 이사. 서울시 종로구 내수동에서 거주하다가 종로구 원
　　　　　　　서동 134번지로 이사하다. 덕수공립보통학교 4학년에 편입하
　　　　　　　다.

1939년(14세)　　3월 18일 덕수공립보통학교 졸업하다. 4월 2일 5년제 경기공립
　　　　　　　중학교에 입학하다. 영화, 문학 등에 심취하다.

1940년(15세)　　종로구 원서동 215번지로 이사하다.

1941년(16세)　　3월 16일 경기공립중학교 자퇴하다. 한성중학교 야간부에 다니
　　　　　　　다.

1942년(17세)　　황해도 재령으로 가서 기독교 재단의 명신중학교 4학년에 편
　　　　　　　입하다.

1944년(19세)　　명신중학교 졸업하고 관립 평양의학전문학교(3년제)에 입학하
　　　　　　　다. 일제강점기 당시 의과, 이공과, 농수산과 전공자들은 징병
　　　　　　　에서 제외되는 상황.

1945년(20세)　　8·15광복으로 학교를 그만두고 상경하다. 아버지를 설득하여
　　　　　　　3만 원을 얻고, 작은이모에게 2만 원을 얻어 종로3가 2번지 낙
　　　　　　　원동 입구에 서점 '마리서사(茉莉書舍)'를 개업하다. 초현실주

의 화가 박일영(朴一英)의 도움으로 세련된 분위기를 만들고 많은 문인들이 교류하는 장소가 되다.

1947년(22세)　5월 10일 발생한 배인철 시인 총격 사망 사건과 관련하여 중부 경찰서에서 조사받다(김수영 시인 부인 김현경 여사 증언).

1948년(23세)　입춘을 전후하여 '마리서사' 폐업하다. 4월 20일 김경린, 김경희, 김병욱, 임호권과 동인지『신시론(新詩論)』발간하다. 4월 덕수궁에서 1살 연하의 이정숙(李丁淑)과 결혼하다. 종로구 세종로 135번지(현 교보빌딩 뒤)의 처가에 거주하다. 겨울 무렵『자유신문』문화부 기자로 취직하다. 12월 8일 장남 세형(世馨) 태어나다.

1949년(24세)　4월 5일 김경린, 김수영, 임호권, 양병식과 동인시집『새로운 도시와 시민들의 합창』(도시문화사) 발간하다. 7월 16일 국가보안법 위반 혐의로 내무부 치안국에 체포되었다가 8월 4일 이후 석방되다. 여름 무렵부터 김경린, 김규동, 김차영, 이봉래, 조향 등과 '후반기(後半紀)' 동인 결성하다. 12월 17일 한국문학가협회 결성 준비에 추진위원으로 참여하다.

1950년(25세)　1월 무렵『경향신문』에 입사하다. 6월 25일 한국전쟁 일어남. 피란 가지 못하고 9·28 서울 수복 때까지 지하생활하다. 9월 25일 딸 세화(世華) 태어나다. 12월 8일 가족과 함께 대구로 피란 가다. 종군기자로 활동하다.

1951년(26세)　5월 육군종군작가단에 참여하다. 10월『경향신문』본사가 부산으로 내려가자 함께 이주하다.

1952년(27세)　2월 21일 김광주 작가를 인치 구타한 사건에 대한 45명 재구(在邱) 문화인 성명서에 서명하다. 5월 15일 존 스타인벡의 기행문『소련의 내막』(백조사) 번역해서 간행하다. 6월 16일「주간국제」의 '후반기 동인 문예' 특집에 평론「현대시의 불행한 단면」 발표하다.『경향신문』퇴사하다. 12월 무렵 대한해운공사에 입

사하다. 6월 28일 66명이 결성한 자유예술연합에 가입해 사회
부장을 맡다.

1953년(28세) 3월 후반기 동인들과 이상(李箱) 추모의 밤 열고 시낭송회 가지
다. 여름 무렵 '후반기' 동인 해체되다. 5월 31일 차남 세곤(世崑) 태어나다. 7월 중순 무렵 서울 집으로 돌아오다. 7월 27일
한국전쟁 휴전 협정 체결.

1954년(29세) 1월 오종식, 유두연, 이봉래, 허백년, 김규동과 '한국영화평론
가협회' 발족하다.

1955년(30세) 3월 5일 대한해운공사의 상선 '남해호'를 타고 미국 여행하다.
3월 5일 부산항 출발, 3월 6일 일본 고베항 기항, 3월 22일 미국
워싱턴주 올림피아항 도착, 4월 10일 귀국하다. 『조선일보』(5월
13, 17일)에 「19일간의 아메리카」 발표하다. 대한해운공사 사
직하다. 10월 1일 『시작』(5집)에 시작품 「목마와 숙녀」 발표하
다. 10월 15일 시집 『선시집』(산호장) 간행하다. 시집을 발간했
으나 제본소의 화재로 인해 재간행하다(김규동 시인 증언).

1956년(31세) 1월 27일 『선시집』 출판기념회 갖다(문승묵 엮음 『사랑은 가고
과거는 남는 것─박인환 전집』 화보 참고). 2월 자유문학상 최
종 후보에 오르다. 3월 시작품 「세월이 가면」 이진섭 작곡으로
널리 불리다. 3월 17일 '이상 추모의 밤' 열다. 3월 20일 오후 9
시 자택에서 심장마비로 타계하다. 3월 22일 망우리 공동묘지
에 안장되다. 9월 19일 문우들의 정성으로 망우리 묘소에 시비
세워지다.

1959년(3주기) 10월 10일 윌러 캐더의 장편소설 『이별』(법문사) 번역되어 간행
되다.

1976년(20주기) 맏아들 박세형에 의해 시집 『목마와 숙녀』(근역서재) 간행되다.

1982년(26주기) 김규동, 김경린, 장만영 등에 의해 추모 문집 『세월이 가면』(근
역서재) 간행되다.

1986년(30주기) 『박인환 전집』(문학세계사) 간행되다.

2000년(44주기) 인제군청과 인제군에서 활동하는 내린문학회 및 시전문지『시현실』 공동주관으로 '박인환문학상' 제정되다.

2006년(50주기) 문승묵 엮음『사랑은 가고 과거는 남는 것—박인환 전집』(예옥) 간행되다.

2008년(52주기) 맹문재 엮음『박인환 전집』(실천문학사) 간행되다.

2012년(56주기) 강원도 인제군에 박인환문학관 개관되다.

2014년(58주기) 7월 25일 이정숙 여사 별세하다.

2019년(63주기) 맹문재 엮음『박인환 번역 전집』(푸른사상사) 간행되다.

2020년(64주기) 인제군, (재)인제군문화재단, 박인환시인기념사업추진위원회, 경향신문 공동주관으로 '박인환상'(시 부문, 학술 부문) 제정되다. 맹문재 엮음『박인환 시 전집』(푸른사상사) 간행되다.

2021년(65주기) 박인환『선시집』(푸른사상사) 복각본 간행되다.

This project to translate Park Inhwan's *The Collected Poems* into English is one of the long term projects of Park Inhwan Memorial Hall, and it was very significant for me as a translator. As translating, I have a new point of view to Park Inhwan and his poems. As a poet Park Inhwan was widely known as a modernist poet and a modern or dandy boy through his poems like "A Wooden Horse and a Lady" and "If Time Goes By" However, I came to know that in his poems, a keen and deep insight into the reality of the time he had to go through. The sorrow and agony which his country had to suffer from the Korean War, the longing for the family members and friends who had been dead or lost, the solidarity with other countries which had suffered from colonization like his country, and homesickness he had experienced through thinking of his country in America, which seems like a kind of light patriotism—all of these clearly represent how deeply and strongly his feet are rooted in the reality of his country of the time.

It is not only difficult but is very burdensome to translate some literary works written in foreign languages into another language. Any word or expression cannot be neglected or ignored. Translate Korean literary works into foreign languages makes the translator feel lots of responsibility not along with difficulties and burden. Even more so, when he thinks of the foreign readers who use English as his native language. Doing this work, I cannot help being aware of my weaknesses, which leads me to feel a little bit of concerns. Nevertheless, I would like to feel not so much worry but pleasure and worth for this work. One is from having read Park Inhwan's poems closer than ever, and the other is from opening an opportunity for introducing Park Inhwan and his poems to the English-using readers. I hope they are able to feel the pleasure and worth and try to have occasions to read Korean poems more and more, and I look forward to more of this kind of chances to introduce Korean literary works to other foreign readers.

Yeo Kookhyun

　박인환의 『선시집』을 영어로 옮기는 이번 프로젝트는 박인환문학관의 장기간에 걸친 사업의 일환이지만 개인적으로도 대단히 의미 있는 작업이었다. 번역을 하면서 박인환과 박인환의 시에 대한 새로운 인식을 가지는 계기가 되었다. 시인 박인환은 「목마와 숙녀」와 「세월이 가면」 같은 작품을 통해 흔히 모더니스트 시인, 혹은 모던 보이, 댄디 보이로 널리 알려져 있지만, 그의 시에는 당대 현실에 대한 예리한 인식과 사고가 깊이 담겨 있다는 점을 확인할 수 있었다. 특히, 6·25전쟁을 겪는 조국의 참담한 현실에 대한 슬픔이나 분노, 전쟁 중에 잃은 가족과 친구들에 대한 그리움, 식민을 경험한 다른 나라들과의 유대감, 그리고 미국에서 조국을 바라보며 경험하는 조국애 등은 그의 시 세계가 당대 조국의 현실에 얼마나 단단하게 뿌리내리고 있는가를 여실히 보여준다.

　어떤 언어로 된 문학작품이라도 다른 언어로 옮기는 일은 쉽지 않을 뿐 아니라, 상당한 부담이 따르는 일이기도 하다. 단어 하나, 표현 하나 허투루 할 수 없는 일이다. 우리 작품을 외국어로 소개하는 일은 부담과 어려움에 더해 어떤 책임감이 따라오기도 한다. 영어라는 매개를 통해 박인환 시인의 시를 처음 접하게 될 영어 사용 독자들에게 박인환이라는 시인과 그의 시들이 어떻게 전해질까 하는 점을 생각하면 더욱 그렇다. 시를 영어로 옮기면서 순간순간 역자의 부족함을 느꼈기에, 결과물에 대한 조심스러운 두려움을 느끼지만 기쁨과 함께 보람도 느낀다. 박인환 시인의 시들을 꼼꼼하게 읽을 수 있었던 기쁨과 박인환 시인을 영어권 독자들에게 소개하는 문을 열었다는 뿌듯함이다. 역자가 느꼈던 기쁨과 보람이 이 시를 읽을 독자들에게도 전해지기를, 우리 시를 더 많이 읽을 수 있는 시도를 하기를 바라며, 이런 작업들이 더 많아지기를 기대한다.

역자 여국현

번역(Translator) 여국현(Yeo Kukhyun)

Poet, Instructor of English Literature, Translator.

He was born in Youngwol, Kwangwon 1967, and graduated from Post-Graduate School at Jungang University. He is now an instructor of Dept. of English Language and Literarure in Jungang University, and Korea National Open University.

He co-authored *Understanding Modern American Novels*, *Modern Culture of The Western World*, and published 2 collections of poems, *Awake at Dawn*, *At Some Moment in Our Life*(E-Book). He also translated 2 books of literary theory, *Hypertext 2.0*, *Bliss Perry's Poetics*, as well as lots of translations including, *Madame Celestin's Divorce*, *Her Letters*, *Chistmas Carol*(Joint trans.), *The Chimes*(Joint trans.), and etc.

He adapted Kate Chopin's 5 short stories into drama--"Madame Celestin's Divorce" and 4 other one act plays--, which were elected to the contest, "Stage of Short Story", and the plays were performed on the stage from Jan., 29 till Feb., 2 at Hwewhadang Theater by a theatrical company, Hanwultary.

시인, 영문학강사, 번역가. 1967년 강원 영월 출생. 중앙대학교 대학원 졸업. 중앙대, 방송대 강사. 저서로는『현대 미국소설의 이해』『서양의 현대문화』(공저), 시집으로『새벽에 깨어』『우리 생의 어느 때가 되면』(전자시집), 번역서로『셀레스틴 부인의 이혼』『그녀의 편지』『하이퍼텍스트 2.0』『블리스 페리의 시론』『크리스마스 캐럴』『종소리』(공역) 외,「셀레스틴 부인의 이혼」외 4편의 케이트 쇼팽의 소설을 각색한 극본이 2020년 혜화당극장의 〈소설극장 공모전〉에 당선되어 1월 29일부터 2월 2일까지 〈한울타리 극단〉에 의해 공연됨.

감수(Supervisor) 맹문재(Mang Munjae)

He compiled *A Complete Collection of Park Inhwan's Movie criticism*, *A Complete Collection of Park Inhwan's Poems*, *A Complete Collection of Park Inhwan's Translation*, *A Complete Collection of Park Inhwan's Works*, *Close Reading on Park Inhwan*, *A Complete Collection of Kim Myungsun—Poems and Dramas*, *Close Reading on Kim Kyudong*, and co-compiled *Anthology of Korea's Representative Labor Poetry*, *Lee Gihyung's Representative Poems*, and *A Complete Collection of Kim Namju's Proses*. He published some books of poetic theory and criticism, such as *Literary History of Korean Popular Litrature*, *Humanism Poems in the Period Pass Card*, *Poetic Theory of Femininity*, *Poetry and Politics*, and etc.

He Graduated from Post-Graduate School at Korea University and now professor of Dept. of Korean Language and Literarure in Anyang University.

편저로 『박인환 영화평론 전집』 『박인환 시 전집』 『박인환 번역 전집』 『박인환 전집』 『박인환 깊이 읽기』 『김명순 전집-시·희곡』 『김규동 깊이 읽기』 『한국 대표 노동시집』 (공편) 『이기형 대표시 선집』(공편) 『김후란 시전집』(공편), 『김남주 산문전집』, 시론 및 비평집으로 『한국 민중시 문학사』 『패스카드 시대의 휴머니즘 시』 『지식인 시의 대상애』 『현대시의 성숙과 지향』 『시학의 변주』 『만인보의 시학』 『여성시의 대문자』 『여성성의 시론』 『시와 정치』 등이 있음. 고려대 국문과 및 같은 대학원 졸업. 현재 안양대 국문과 교수.

The Collected Poems of Park Inhwan

First printed Sept. 27, 2021
First published Sept. 30, 2021

Author Park Inhwan
Translator Yeo Kukhyun
Supervisor Mang Munjae
Publisher Kim Hwajung
Publishing Co. Prunsaengak

Edit Ji Suni / Correction Kim Suran, No Hyunjung / Marketing Han Jungkyu
Address no. 402, 222 Tojung-ro, Mapo-gu, Seoul, Korea
Tel) 031) 955-9111,2 / Fax) 031) 955-9114
E-mail prun21c@hanmail.net
Homepage http://www.prun21c.com

ⓒ Yeo Kukhyun · Mang Munjae, 2021

ISBN 978-89-91918-18-4 93810
Price 25,000 won

박인환 선시집

초판 인쇄 2021년 9월 27일
초판 발행 2021년 9월 30일

지은이_박인환
옮긴이_여국현
감수_맹문재
펴낸이_김화정
펴낸곳_푸른생각

편집 · 지순이 | 교정 · 김수란, 노현정 | 마케팅 · 한정규
등록 · 제2019-000161호
주소 · 서울시 마포구 토정로 222, 402호(신수동, 한국출판콘텐츠센터)
대표전화 · 031) 955-9111(2) | 팩시밀리 · 031) 955-9114
이메일 · prun21c@hanmail.net
홈페이지 · http://www.prun21c.com

ⓒ 맹문재 · 여국현, 2021

ISBN 978-89-91918-18-4   93810
값 25,000원